[珍藏版]

热爱，是的

陈超 著

河北出版传媒集团
河北教育出版社

图书在版编目（CIP）数据

热爱，是的 ：珍藏版 / 陈超著. -- 石家庄 ：河北教育出版社，2014.11

ISBN 978-7-5545-1534-1

Ⅰ. ①热… Ⅱ. ①陈… Ⅲ. ①诗集－中国－当代 Ⅳ. ①I227

中国版本图书馆CIP数据核字(2014)第280920号

书　　名　热爱，是的（珍藏版）
作　　者　陈　超
策　　划　王斌贤　郝建国
责任编辑　刘相美　何春雅
装帧设计　牛亚勋　李关栋
营销策划　符向阳　李　晨

出　　版　河北出版传媒集团
　　　　　河北教育出版社　http://www.hbep.com
　　　　　（石家庄市联盟路705号，050061）
印　　制　河北新华第一印刷有限责任公司
开　　本　787毫米×1092毫米　1/16
印　　张　11.75
字　　数　160 千字
版　　次　2014年12月第1版
印　　次　2014年12月第1次印刷
书　　号　ISBN 978-7-5545-1534-1
定　　价　39.00元

陆超

柏林禅寺

温暖的雨下过了。

我踩着梨花筛状的影子。

我渐渐变得比花瓣儿更轻
我的烦恼是多么渺小

红墙之上是辽阔蔚蓝的般若
我已想不起祷告的第二条

霜雨中登石人山

往右左飘的雨丝告诉我风向。

我心寂静，不亚于沙沙萱草。

演技的斑鸠鸣叫，空竹。

的小蜻蜓，在草尖上抖擞水珠

下山时我的脚踝微微扭伤了

把泥巴给快乐加上了恰当的小份量

说着不算什么人经过的事

我和雨一样，微笑着沿着绝壁

惊起一只蝴蝶，向闭闭的方向飞去。

目录

◇◇◇◇◇001

卷一

博物馆或火焰

风　车

冥界的冠冕。行走但无踪迹。
血液被狂风吹空，
留下十字架的创伤。
在冬夜，谁疼痛地把你仰望，
谁的泪水，像云阵中依稀的星光？

我看见逝者正找回还乡的草径，
诗篇过处，万籁都是悲响。
乌托邦最后的留守者，
灰烬中旋转的毛瑟枪，
走在天空的傻瓜方阵，噢风车
谁的灵魂被你的叶片刨得雪亮？

这疲倦的童子军在坚持巷战，
禁欲的天空又纯洁又凄凉！
瞧，一茎高标在引路……
离心啊，眩晕啊，这摔出体外的心脏！
站在污染的海岸谁向你致敬？
波涛中沉没着家乡的谷仓。

暮色阴郁，风推乌云，来路苍茫，
谁，还在坚持听从你的吁唤：
在广阔的伤痛中拼命高蹈
在贫穷中感受狂飙的方向？

1991.2

我看见转世的桃花五种

一

桃花刚刚整理好衣冠，就面临了死亡。
四月的歌手，血液如此浅淡。
但桃花的骨骸比泥淖高一些，
它死过之后，就不会再死。
东方的隐喻。这是预料之中的事。
年轻，孤傲，无辜地倒下。
干净的青春，在死亡中铺成风暴。

二

如果桃花是美人，我愿意试试运气。
她掀起粉红的衣衫，一直袒裎到轻盈的骨骼。
我目光焚烧，震动，像榴霰弹般矜持——
在最后时刻爆炸！裸体的桃花重又升起，
挂在树梢。和我年轻的血液融为一体。
但这一切真正的快乐，是我去天国途中的事。

三

我离开桃林回家睡觉的时候，

园丁正将满地的落英收拾干净。

青春的我一腔抱负，意兴遄飞，
沉浸在虚构给予的快乐中。
我离开床榻重返桃林的时候，
泥土又被落英的血浸红。千年重叠的风景。
噢，我噙着古老的泪水，羞愧的，凛冽的。
看见喑哑的桃花在自己的失败中歌唱。

四

唉，我让你们转世，剔净他们的灰尘。
风中的少女，两个月像一生那么沧桑。
木头的吉兆，组成“桃”。一个汉字，或伤心。
铺天盖地的死亡，交给四月。
让四月骄傲，进入隐喻之疼。
难道红尘的塔楼上，不该供奉你的灵魂？
你的躯体如此细薄，可心儿却在砺石中奔跑。

五

五月，大地收留了失败，
太阳在我发烧的额头打铁。
埋葬桃花的大地，
使我开始热爱一种斗争的生活！

乌托邦最后的守护者——
在离心中写作的老式人物，
你们来不及悔恨，来不及原谅自己；

锋利的爱情使你们又一次去捐躯。

而这是预料之中的事：
桃花刚刚整理好衣冠，就面临了死亡；
为了理想它乐于再次去死，
这同样是预料之中的事。

1990.4

博物馆或火焰

紧跟着到来的就是老式的事物。
我，书呆子，一个生活节制者
被时代裁成两半。多余的部分。
我把脑袋伸进昔日的火焰
不会被书卷烧成灰

我渴慕的就是独自生活
在博物馆完成一生的散步
归程从这城市唯一的旧建筑中裂开
进入朱门，一个古老的锥体
研磨着我变暗的眼神

盲者趋临的一场火灾
突如其来又几乎不存在
热；无形的野兽发出低吼
将血液炙干却退回骨头
我的身体是灰烬前哆嗦的纸张
但火焰是装订它们的唯一绳索

我不知道被谁暗示而来
引力和运动彼此不能看到。
是我激活了这些词语的亡灵
还是它们攫住了我？
这是宿命悄悄选定的事业
没有结果，只有一再重临的开始
有如一个孩子与纸张间的凝视：
凸透镜在阳光焦点上突变燃烧！

悬在两个时代脱钩的瞬间
谁能抽身离去？嘶叫的火车
抻出世纪最后物欲欣快症的狂飙，被挟持者
在轮子间紧张验算距离
坠落和上升含混难辨
但我的旅行存在于另外的向度

从博物馆到股票市场
只有胸膈两侧的距离。
我需要在被保存的昔日中生活。
操着同一种母语，人们又快又薄地滑动
我深患失语症；青春期热病中
锐利的语境，正一块一块耗空

或许博物馆是我一小时的难友
在挽歌中被“镭射”瞄准
一支歌被它的结束句刺伤
突起的华丽尖音消解掉已成的部分

最后是被一笔勾销的歌名

我关心过的词根像久积的欠账
博物馆的阴影，压迫我说出，命名。
人们，我没有把写作的载力回避
不：我原以为前方城堡越来越清楚
但到达的只是遮阳棚下啤酒阵的闪光

多清晰，多好看的黄昏云朵
像乌托邦悲风里猛摇的白杨树叶！
我确信冻僵的博物馆已从睡眠中探出
拒绝一个脑积水症者的哀悼

夕光中的博物馆，紧缩，透明
一如被击碎的盐巴
预示出鲜血的程度。
我轻轻敲击它褐色的廊柱
回声干涩像我死去祖父的踝骨
我想起我灵魂的朋友：两个伪圣诉撰者
他们非凡的抱负被一夜狂风掀翻！

是否博物馆有三种隐喻：
死亡之刃刻在诗歌骨头上的图案。
城市无法摆脱的芒刺背囊。
一群重重下压的老鹰尸体。
三者相互涉入又一分再分
我，只是一个幸存的“在场者”

闪光的玻璃幕墙建筑上
卖笑女人华贵的亵衣像蜂群晾开
融资小经理的鞠躬弯得太低
看到大亨皮尔·卡丹牌的裤裆已经开线。
博物馆在夕光中倒影渐行渐远——
一个时代的眼睫缓缓合上……

诗章啊，虚构的血缘幻象
我和你一起已走得太长久
短暂的，窃来的小小光明
在倒置的博物馆快“保不住重心”
僭妄的词根，大动脉中凸凹的文本
突然狂奔到我疲竭的心脏
又向更广大的空无弹起：
吾生之梦必迎着醒来写作
那个说“是”的人，必靠修改自身过活

在博物馆激励的高度上
我还能漫步多一会儿?
就像火灾中跃起的豹子
它弯曲的脊梁在使劲避开命运
但命运最终会追上它
我渴望诗歌展开得比豹子还快
但结构将比豹子的脊梁平些

我应该把博物馆移入一只蝶蛹

用来培育母语诗歌的蛾子
风暴欲来，让我将它码好
它不是遗产，而是传统
因此，它拒绝用来向权力与市场进贡。
让一个书呆子同命运交锋！

孤悬的、销铄的博物馆
像狂风吹空的仓库回到我的脑袋
在我眩晕的灵魂上面
能否挽留为生存压弯的羊皮书卷？
我的志向还是生活节制者的志向：
为词语缺席的记忆辗转难眠？

或许更深的失败会成为我一生的博物馆。
谁能让李杜飞逝的谱系返回下界？
……让我依然在火焰和纸张间历险
我想不出比这更恰当的姿势。
词语在火阵中闪出迟疑的光芒
但博物馆对于旧时代的幸存者
却是肯定，见证和噬心的命名

灰烬！请与火焰再挨得近些
像我母亲种植的金合欢
不要在风暴中飞走
让那些旧时代迂阔的承担者
在火灾前拼命默记住将焚尽的诗篇

紧跟着到来的或许是新生的事物。
忙碌的人群啊，谁知道清理血液
靠的是被时代裁成两半？对称的部分。
博物馆是火焰和玫瑰轮回中升起的可能：
我把脑袋伸进局部的光芒
将光芒和灰烬一道写进书卷

1993.5

一个新词

一个新词让怀抱它的空气变冷
那些穿过喉咙的话语用它拧干污水
诗篇，这个冬天你的骨头闪烁其词
但它们与灰色的木柴一样，干燥，急迫
坚持走向炉火，我已看到

一个新词交付松动的笔画来生育
让智性降低，或相反，撕开能指的表皮
现在保持着一枚花籽的内伤
诗篇，对于你，它是闯入的和陌生的
而它自身也成了被你围困的部分

一个新词走上最黑的道路
车轮的筋腱将圆周悄悄支离
背过通衢的狂欢，触点被戳深
诗篇，你深藏秘密，于黑箱中开路
惊动了李贺，硝石，和聋掉的鼓

一个新词从发烧的嘴唇吐出

弯曲的字形使烧红的一小块金属进步
它们在乙醇的激励中失落又冥行
诗篇，你目光恍惚，主语得不到肯定
循声而来的医师隐瞒了内伤的部位

一个新词像肤色冷白的合金
把自己收紧又收紧，轧出多余的空气
谁见到它谁就蓦然震悚，贴向汉语的锋刃
诗篇，你从言辞的矩阵脱险而出
又在本质的错视里捍卫孤单

1988.4

艺徒或与火焰赛跑者之歌

我的心是从横卧的肢体中跑出来的一个。
匆匆脱去外衣，露出碎裂的肌腱。
我的脚踵疼痛，我渺小的血库
两根柱子在摇晃，在拖起冰凉的水泥。
“我蔑视自己的伤心，哭喊
勇气乘滑车而去。我抛下旗杆
是因为肠胃被饥饿勒死两次”；
一个书呆子依稀看到，他逃亡时
被踩碎的眼镜片在火灾反光中发抖、屈服。

“未来在哪儿？我根本看不见。
我的心已习惯只向天空睁开。”
朋友们在变老，散乱的少白头
使殉道者的形象变得古怪。
表达在灼烧，在弯曲，在垮下来
……纸张像干燥的弹坑，嘲弄
踟躇落笔的书生，抗拒言辞生长。
肮脏的河水混淆了圣净和葬礼之后
涌向市场的耻部；朋友们打包上路

他们驼背，虚胖，咳吐着血丝，
在毗邻的下等酒吧起劲地喧嚷。
“而冬天的大雁，衔着铁镣在飞
要飞祖国那么长。”

眩目啊！单枪匹马的青春
更加折磨人的三十二岁血液的泼出
在突变中赤裸着逃离……
涂鸦的青春，辅音的青春，
布道的青春，故作强大的青春，
现在都变得零零碎碎。
“当我残损的词语伸进诗章中，
我不知道是不是灰烬在捧起心的死亡。”

糟透啦。我奔命在自己的破牛皮靴里，
像烈酒奔命在潦倒侠客的胃袋。
强迫的示众，匿名的、惹眼的
整饬公文；一场浩劫留下合金柜子：
我看到烧焦的青春减少到一张档案。
涩。白。肯定。简洁。
从剥开胸膈到剥开你的脑袋
丰满的嘴唇被削去一片。

瞧呵！它此刻被埋在猪栏下边
冰雹越过天空像漏了的深渊：
一个新时代的蝾螈[①]

① 参见俄国作家索尔仁尼琴《古拉格群岛》第3页。

不是在刑架上挣扎，而是更低些；
以失败为食，以切穿为命：
当铁锹插入重复的“1984”[①]
几代诗人的宿命又在蝶螈
断裂的肢体上叠合。

少女，色情的纯洁的跳舞者，
旋转掉的、干了的、无痕迹的泪水，
转向我冬夜的炉火，击箸而歌。
“这是真切的，慵恬的，两小时的爱情。”
我的诗，此刻看上去那么轻，
像幸福镇的小公子怀抱魔杖，
在干净的牙齿尖上唱歌、轻唤。
但奇怪，我的心忽地飞出体外又骑上那场大火——
我想起比少女头发更柔软的物体
啊，当洁白的词语像纱布被鲜血染红……
“我，必须撕碎，软骨的，啁啾的，诗行！”

光荣与梦想，澄明和黑暗，
曾经的坚持、漫游、隐痛。
生命在沙漏中一粒一粒量去，
又快又稳的坠落，神经中的磷火
排列在死亡的铅字板上。
“是不是这时代的诗，若非鬼脸
或牧歌，就一定是牵裂伤口的剪刀？”

---

① 参见英国作家乔治·奥威尔小说《1984》。

让我一路避开你们宁静的学理
让我放弃牧歌，让我向后追上这速度这残酷
让我的愤怒显得更过度吧
让我语言的军火库失火吧
——我已经失去耐心

新发现的手艺。坏运道的赠品。
在语言卷刃的年代，我怀抱
昨日那个被遗忘的诗人留下的砥石。
雷霆在克制中垒得更高一些：
“用刀锋之诗的暴风雨冲洗陆地
使金属和混凝土的纲纪向你彻底废弛。”

我就是从词语横卧的肢体中跑出来的那个。
另一个，是一千匹火焰中的诗嗒嗒驰开。
心儿，你如果不屑于浪漫的高瞻，
那就乘滑车降往地狱：
“哦，我挥别青春
是因为一个中年人的知性
已变为平稳墨迹的持久阵痛。”

1993.3，　1994.4

凸透镜中两个时代的对称

这些脸曾是“革命同志”的脸
在批判会上喷出“专政”怒火的脸
这些臂膀曾是蒙昧的臂膀
在“万岁”声中举起的肿胀的臂膀
如今他们龇着大板牙对金钱谄笑
曾备受膜拜的偶像已缩进一张纸币

你看这么多躯体
塑钢老虎角子机张大口的躯体
这么多毛发
疯狂摔打荷尔蒙管道的毛发
放纵的声音我们得忍受
这就是一些人先富起来的声音

“革委会”变成了总商会
“人民”也就是股民
“斗争”变成了竞争
“阶级斗争”的后代也就是“新阶级”
“武装带”变成了透明吊带儿

"红闯将"也就是黄麻将

歌颂吧，看曾经最左边的
冲在最右边，成为非法融资者的榜样
看那最愚蠢的，变成了天才
秘藏着最新的房地产大开发消息
三八突击手羞赧的小女儿勇于昼伏夜行
青春胴体的资源不再荒置

喂，写诗的，还有什么要歌颂的被你忘了？
嗨，画画的，还有什么"一片红"灯区带给你新激动？
这时代不屑原谅落伍者
褪色的颜料和修辞歇菜吧——

"东风吹，战鼓擂"
"现在世界上有钱就不怕谁"
请听广场上欲望和利润在吹哨
又开来了新一代洋"串联"的队伍……

2000.5

写 作

我老去的激情还在继续献身
比经验消逝得快，比美德慢些
木讷和天真扩大我的智慧，置身写作的人
在生命和语言摩擦中
分裂成更小的微粒；它们互动，互否，生成
照耀了一代人模范的阅读

但是诗歌！蹀躞的恋字癖，青春的症结
地狱与天堂两面拉开的力量，你在膏肓中
歌唱生命。让我和毁灭平衡，彼此捐躯
瞧瞧，是谁惊慑于单字或词素本身的硬度
把它们从超员的病房里
一个。一个。拎出来！
母语的荣耀垂直洞开，在光芒灼疼书卷时
我看到旧式的理想被激励得热泪盈眶

这就是一代人的写作，苍凉青春的宝藏
我捧着汉字像擎起青青花纹的鹰卵
秘密中培育形体，劫运给它温度

死亡是如此之薄，只须一张纸就能飞
伤风的气流中，它羽毛光滑，坚韧
瞬息的沧桑就覆盖了你们

或者相反。在误读中把持自足
像变冷的红陨石默守住燃烧的奇迹
在自明的姿势里，圣物显得并不太高

啊，懂得让年轻的心羞愧的写作者
让我们在深渊里艰砺地向上，再一次
把现代汉语抻向天空，让人们
高蹈着身子走走看。在严谨而诚实的写作中
幻象与真实偶然的炎症
也永远不会是虚伪和颓废的

我喑哑的声带还在继续歌唱
青铜的声音，忧郁的农奴的声音
诗歌，我是否会呈现你的隐痛和光芒？
在夜里，你从比黎明更高峻的地方
辚辚驰过！占有横越银河的高度又一再返回泥土
冒险的灵魂被几种向度反复进入，撞出光
它来了，近了，更亮一些
形式是另一种空，让真实快活得浑身发抖

深入一种动荡，在它的核心坚持寂静
当言语纷纷塌陷时，用力撑住，提升它
深入一种火焰，在它的核心坚持冷凝

当言语燃灼扭曲时，用力挺住，锻直它
这就是写作！强大、丰沛、空无的呼吸
真实得足以推动远古的风磨

……我老去的激情还在继续献身
存在与虚无共时而生；假说与真相相互涉入
诗歌！你被淬砺得纯粹，觉悟，分离出我
在地狱与天堂两面拉开的力量中
前仆后继，比我更骄傲勇敢地歌唱着……

1990.10，1991.2

骤　变

骤然，那一切都空了。
雪为城市压上厚厚的石膏。
他试着活动肢体
干涩的髋球窝节，传来
秘密的三角铧声。

寡言的人几乎闭嘴。
激烈的人变得寡言。
时令从初夏被骤然踹进严冬。
他的脑袋和书桌都空荡寒冷
像是冬日晚八点钟后平壤的某条街道。

1990.3.2

青铜墓地

——与哀歌相似，但不是哀歌

先行到死亡中去。

——马丁·海德格尔

在死亡的大汗中我梦见我的创生。

——狄兰·托马斯

序　曲

“……在我生命的中途，迷路来到这个地方。”
四月，花朵整齐地塌下，树木的叶子缓缓枯卷，
月亮像濒死的巨蛹徒劳地想挣出天空的黏液。
山谷青铜的曲颈瓶，扭结着硫黄和莫名油料烟缕的发辫。
风吹岩窟，颤音袅起，抖动浓雾辽阔的殓衣。
我在哪里？我在等谁？这可不是我要待的地方。

我蹑足后退，青铜墓地便蹑足跟随，
我转身狂奔，青铜的荆莽拦腰缠住我中年的躯体。
在一场噩梦中我跨入了天谴的界线
遇到我尘世生涯未尝领略的庞大的虚无体积。
我坐在一块石灰岩上喘息，它说：“你压疼了我的耻骨！”

我扯一根艾蒿，它说：“谁在拔我的睫毛!”

呵声音，这里总算有了声音——
有一群人在地下等着我，有一个空冥的世界
让我凝神谛听被湮没的年代沼气的轰鸣。
在我生命的中途踏上了与但丁相似的路，
我已无法区分它是来自地下，还是我逶迤的大动脉中……

第一歌：我说

是什么发出头发的尖叫，此唱彼和石砺丛生，
是谁，在用拍岸的觳觫搅动白骨滚滚?
枯树疤瘤的眼珠烟尘猩红使黑鸦明灭，道路逃向深渊，
你们无话可说，成排的瞎狼喘着粗气在暝色中觅食……
“热烈的墓地青铜铸成的墓地讥嘲外面的好天气”，
“疼呵，”你乞望恶神开恩，“脱尽树叶的森林，在手里
握满——刀子”！流刑营广场可能的圣净仪式无人主持。

在青铜墓地，锈蚀的丧钟流遍你们全身。
仰望天空和俯视地面，只有黑暗谶语的金属之墙。
你们天南地北已会为一体永不再分手。谁更强大?
谁站在天意一方？谁拥有另一个时刻打量别人?
“哗啦啦，哗啦啦，”时间废弛的发条里
女妖沉默着发放签阄。世纪的列车
发出脱轨时龇牙咧嘴的火焰狞笑。
活着的欲望向大地垂下肿胀的神经。

……现在，拉撒路先生也不能跃出

青铜墓地。它卓立不移安顿你们。
我看到母亲们的皮肤遍布流刑营
医院的白墙；姐妹们诵读谶语
发泄一生的仇恨。父亲的鼻孔喷出呕酒的血光。
儿子们被锐利的宣判书、欠账单和沥青缠裹。
暮霭已尽，黑云迸涌，大地用灰烬说话。
天空降下了全部发丧的白布，搭架你们共同的门，
鬣狗寻欢作乐，等着无尽的腐肉撑死……
现在，污水河暮气的呼吸就是你们的香料；你们啜饮着沼气，
没有执刑者刑具的哔唧，最后总结你们的东西像是

催眠般柔软。“究竟在什么地方？伙计们
这儿是墓地还是牧场谁能告诉我？”
我看到羊群被雷暴擦燃，发出熏炙的焦味；
那么，谁是放牧者？哪是深渊拱门之上誓约的彩虹？
你们鱼贯而下，躬身去赴人类均不可拒斥的盛宴，
在生存的路上，像羔羊一样把死撒在燔祭台前。

这些头发，这些骨架，这些眼窟，这些纽扣，硕果仅存。
这些头发的骨架，这些眼窟的纽扣，硕果仅存。
在青铜墓地，青铜牧场，在墓地的青铜牧场
成团攒动的无辜的羊犄角，究竟向我暗示着
意志的卑屈还是又一轮生命的尖峰？
烁烁陨石的冰雹垂悬于天际，睨视大地的胸骨，
大地的胸骨奉上它广阔的祭献，“你来吧来吧来……
我无力保管，你快些取用，多少时日就有多少沉哀。”

洪炉默默奔流，地轴款款转动

活着看见死亡后，死亡是否不像是死亡

第二歌：众诗人亡灵的话

我听到了今天的诗人们难懂的语言。孩子，为何
你们的血液循环得如此黏稠，难道你的诗
也只会嘭嘭敲击着茫然颓丧的暮鼓？
你踏上的只是认命如宿的道路，
还有另一些宽阔的灵魂之路你未曾涉足。
人生荏苒，时间举杯引满便飞沫四溅。
你们应抵达另一种青葱，灵魂和泥土深处的青葱，
可你们被地层白骨的雪盲弄坏了双眼。
请重新考虑末世学的阴鸷和宿命的尖叫，
让悲观主义的现代俗套得到朴素诚实新诗的治疗。

请再向下钻探，钻到底，穿越世纪的煤层，
那里有甘泉纺着细小的生命纱线
谁在说，“而死亡也不得统治万物。
赤裸的死者会同风中的人
西沉明月中的人合为一体；
当筋腱松弛在刑架上挣扎，
受缚于轮上，他们却不会碎裂；
手中的信仰会折断，独角兽的邪恶
会将他们刺穿；但即使万物都被
劈开，他们也不会破裂。而死亡
也不得统治万物……”
记着吧，孩子，这才是为诗者对死亡高傲的寓言。

跟我一道往下走，把你未老先衰的手递给我，
在接近地轴的地方，是死去的诗人们燧石筑成的家园。
哀愁的人，请做如是想，比青铜刀锋更犀利的
不是肉身而是诗魂，诗是语言的金链会代代相传。
我知道主动深入死亡乃是语言愤悱的拯救
我们留下的诗章会限制着精神第二次死亡。
冲涌的节律，可靠的激情，使青铜之墓流遍新鲜的铜汁，
我听到冬天死亡的根在另一种明亮的熔炉中

歌唱……诗的儿子们，诗的孙子们，诗的玄孙和情人
我看到青铜的墓门展示一派青铜的巨爵，无际无涯，
盟誓的话语海潮般飞溅，冲击着母语的伤口，
青铜之炉的逆子们一万双臂膀在燃烧地火的朝霞
天空的大鼓被炙得嘎嘎啸叫……而血汁回旋着
紧紧和致命的隐喻结为一体。孩子，在此时
你会看到弥天的方舟开始运送青铜诗章的卷册
一次又一次返回

上界的海洋。噢，大地妈妈，原谅你野蛮的儿子们，
我喜欢自由的嚣响如猛兽的殿堂在申诉前的盟誓，
我知道置身母语的火灾是唯一的方式，不能再回避一次。
死亡死去了，那不是它的本质而是新价值的起点。
生存的乌云控制不了诗歌自由的暴雨。
那些被时间删除的，不是诗歌而是死亡本身，
妈妈，当你发出懊丧的叹息，我祈望你不要紧闭双眼，
你看儿子们依然在温柔地爱着“生死转换”主题而不是尸骨。

在寒食节的早晨，他们给你带来新诗如背来灶火的柴禾，
你会看到他们还像火焰那般血气方刚。
他们从冥界中转换诗体，就像枯枝在你手中变作火焰一样。
人已像庄稼倒下了，母语的谷粒却被珍藏起来——
你知道，它们是从地下走来的，
心灵的丰稔不正是来源于永劫轮回的黑暗之途？

孩子，请相信青铜的质量如此浩大，
是诗歌共时体几代人谱系交流灵魂和手艺的时候啦。

大海靛蓝色的旌旗汹涌在诗歌儿子的脉管
我们捧着海啸，像捧着全部的希冀和时间
……

洪炉默默奔流，地轴款款转动
诗歌深入死亡后，死亡已不能再重复死亡

第三歌：合唱

砂岩，页岩，火山岩的书卷……
磁矿石，赤铜，锡石，石英，亚铁土的词语……
松树的根，铁杉的根，冰川毛茛的根的结构……
洋流的句群，冰河的句群，爽风的句群……
——请通过我们的声带歌唱

这一刻，我听到墓地上响遍青铜碎裂的声音。
我听到有人在天空之外刻碑的声音。
如果青铜墓地裂开了，游魂的方阵又能开往哪里？
錾头敲遍了权贵的每一个书屉，它们满腹淤泥恶贯满盈。

雷声扑天而下击荡在诗歌的血液里，诗神在摔着天空的瓷盘，
青铜会不会冷却成伤口？但是，诗歌的金链一代代承传，
词语匠人肺活量的风箱号叫，
血色的高粱不能割尽，千秋万岁的新诗不能被劫掠；
在铜钱和精液漩流的河里，我不愿看见我的兄弟和儿子，
他们的灵魂里应有着更为坚贞的高傲的洪峰。

那么，让我们在巨大的青铜墓地铸造诗的群雕
剩下的青铜分给饥饿的孩子，让他们蒙上清澈的眼泪
让我们向植物讲述，向泥土向星宿讲述灵魂的历程
讲述生命轮回的死亡和死亡轮回新生命的胜利……
喑哑的青铜的声音把持光芒屏营战栗
仁慈，正义，劳动，爱，思想，我听到代代
相承的诗人疼痛的歌唱。

“满脸霞光熠熠，他独自上升
喝醉了阳光，亮透了一颗心……”
让诗歌的十字架在平整过的墓地上耸立起来。
让它像一具青铜的牛角镇守住这恶欲回流的地方。
死亡不能结束的东西留给诗歌的镇守去生长。
让我们热爱这青铜的十字架，青铜的检阅台
青铜的嗓音。让我们热爱这个用我们的生命和母语
浇铸成的另一具青铜的心象

“多么高贵，多么美，他们听到召唤……”
先知，闭上你的嘴，别把鲜血吹进花树。
我们不是普度众生的神祇，我们是词语的亡灵，

我们不是迎风招展的旗帜，我们只是生存的书写员。
我们不是青铜之外的天空，我们只是青铜墓地里的空气……
我看到在墓地上空，先知的脸像庸众一样一闪而没……

洪炉默默奔流，地轴款款转动
诗歌一息尚存，死亡已不再骇怖

尾　声

“……在我生命的中途终于找到这个地方。”

九月，太阳摇动千万支金指挥棒，树木的合唱队
激励繁花竞放，诗歌亡灵击节以白金的脚踵。
有一群人死于大地却在诗中等我，让我循着语言生命的旋律
穿越更长更长又更短更短的诵诗的走廊。

——那在青铜的中心闪光的，不是诗歌又是谁？
——那在诗歌的中心再生的，不是灵魂又是什么？
——谁能代替我们的食指冉冉上升叩开心灵的大门？
——谁能阻遏不死的诗魂铺设出整张大陆的绿帆？
在千百代诗人走过的地方唯一的道路涌向我们，
用灵魂燔祭语言的，不涉过地狱又有什么路途？

在墓地上空，我看到人类诗歌共时体亲睦地闪耀在一起……

在未来诗人的心脏里，光明还要与青铜隧道竞赛奔跑，
他们巨大的胃袋还应消磨黑夜，吐出整个的晴天……
青铜的墓地是他祖辈血液的冷藏室，
他们健壮的双腿是先人不能折断的，敲击死亡的鼓槌。

这一切我将珍存在地心的一双眸子里
人的生命终会走进墓门，但诗魂却是吹爆墓门的飓风。

现在，就在这片熔炼青铜的大地上重新写下我们的诗歌
它闪着浊重的光，再生的光，你们要细读它。
现在，这里已是一种无法抗拒的光在垂直下落，
没有什么力量能让它返回死亡本身。
听，在另一个人生的中途，谁在歌唱
“让他们紧跟我的脚步吧！
现在我在向一片遥远平坦的陆地行进
现在，那是死亡之手
在赐予生命……”

江河汹涌奔流，地轴隆隆转动
我们穿越死亡后，死亡是一个人生还的起点

1989.5—6，　1990.1

再不会……

密涅瓦的猫头鹰还在疲倦地飞
天空呵，它找不到栖落的树林

虚构的“自由”将自己羞辱
写作在洗脑液中痛饮、痛饮

背叛快得措手不及
钢笔像乱了纹路的唱针

“制服”在灌木丛中窥伺
逼退了想象力的木槿

再不会、再不会有飞翔后的休息
猫头鹰乱撞在酸雨纷纭

泪水摔碎了光景中的红玉
手稿在忧愤里焚烧殆尽

天空中飘满了鹰毛的加急电报

青春被捕鸟网结扣攥紧

再不会、再不会有汹涌的啄凿
将焊住的思想的激流疏浚？

1989.12

终　曲

在月光下浇灌花园的人
你竟夜的劳动使黑暗有了核心

花园：落到地面的云色
果树：吹号天使的臂膊

但硕大的泪滴在水渠中反光
月亮……正将终曲弹响

最后的劳动在“虚构”中沉湎
明天词语的花园将是悲风一片

热爱诗歌的人置身在火灾中
他失败的脸比余烬还要纯净

1987.11

交　谈（组诗 7 首选 4）

荷尔德林，雪

在落雪的时候，我独自走向田野。
你的诗暖和明亮如冰雪下的河流。
天空绷紧它青铜的屋顶使大地松弛，
噢，圣心的翅羽无凭而降，百折不挠，
谦朴，澄明，照耀我颓废的思想。

……最慈爱的东西是雪，暴力无法逾越。
诗的翅羽贯穿大气到达水晶唱针，
蒙召的心思洁白无瑕宽恕凋零的广场，
空旷。施浸。世界融进一双马眼……
紫檀色的童工在炉火旁为主人煮茶
但他目光坚定，欣悦，控制着泪水，
被父亲丢弃的人进入诗的畛域。

逝去年代的诗人，是谁在今夜派遣雪花，
圣心的翅羽包容，渗透，让我领受倒置的天空？
在我动荡的祖国，是哪些屡经失败的孩子
听你用雪，这白银的钟抖落大爱，

激励言辞的高度，歆享柔翮描绘出的光华？

在我单薄的布衣里生长出旧日砧杵的声音。
噢，诗人，寒冷的流过血的季节
我看到你巨大的笔尖占有灵魂的炉口喷涌辉光。

诗歌以雪的方式超越杀戮，它们清澈，沉静
普照事物在冬天的根。我站在最冷最暗的旷野
轻吟你愀然而称意的诗篇，今夜啊，让我
放下火杖，想一会儿我可能的明天——

1990.12

马拉美，水波

昏昧的日子是诗歌叫我回来，使我踏实，警醒，
言辞历练后心儿弹起。漩流的梦，宽怀溢散
注平干涸的裂隙。持之以恒，无中生有……
在今夜微茫的灯光下，我重读华章，
谛听银色的时日诗人自月亮中潺潺而来。

诗就是信仰。你照亮我三十二岁的生命，
凝神于一，问心有愧。晦暝的生命啊，
你懊丧吧，不安吧；我糟蹋了多少我祖国的语言，
邮差将书刊送往四面八方。在今夜，
我第一次感到母语那受蔽的面容无法避开。

诗章，你的声音以音乐的方式涤洗我，
谛听，然后抚触，最后无言。

诗人苦心孤诣呈现流水，我在水波之外屏息疑虑，
又像一个异教徒悄悄浅涉话语的轻波。
唉，虚名赫奕和无尽的情欲曾是我的甘饴，
如今我看到语言的坠落已将心儿跌穿。

言辞在喧阗的中心捍卫寂静，在寂静中升起光芒，
水波如此玄微，“少即多”本是凝为一体。
我只能置身其外，刮骨疗毒，敞开干燥的胸心，
哦，以往衷心信仰的“宣泄”教我充满怀疑。

1990.12

史蒂文斯，和弯曲的时间

……一再沉入。构成。延宕。我再度被造？
剖开云杉的衣裳，尝到树汁震悚而欣然。
在田纳西州峰巅的坛子上，距离被话语组织，
那种言辞的高度使空间流转，而视线清明……
一意孤行的人从冰中写出火，水晶中嗅出
呛味儿。而当乌鸫被十三种方式唤醒时，
雪地紧缩的肺叶开始吐纳，心斋分外贯通。

……一再沉入。肉体的眼睛失明，
心的视线被词语垂直提升。在秋风向晚
你催促我，寻行数墨又履险如夷。
当旧梦在烛光中微颤，你使
时间变弯，慢慢转身——
词语亮得发暗，光景在后退中逼近，
你那依稀的语气，有如

黑暗中传递密诏的驿兵。

“无边的山谷，只有我的蜡烛燃烧”，
镜中观物的我，进退两难，吹影镂尘，
我无法看破你背面的水银，我踯躅难当，
在单翼的覆庇下，猜测你奇异的词源。

……一再沉入。“这种激情我能感受，
却不理解”，设想“虚构”就是最高真实，
单纯的我，只有一次次领受失败，
距你的迢递越来越远。——一再沉入
一再沉入，当想象力的大限趋临
我是否已不可再度被造？

1990.12

毕肖普，刻刀

年岁已晚，让我谛听那柔韧的刻刀
在一阵窸窣中剥啄，吹息，呈现。
这世界在黑夜中也荫荫生辉，
玻璃上的纹章吮足了溪涧。

“海像金刚石般硬朗”，咸水和乌云
在雕刻的苦工中触及了涡流反射的光焰。
透过这“被擦伤的古老的鱼胶镜片”，
紫水晶的黑暗几乎不像是黑暗。

存在隐身于光中，它渺小，巨大而清晰！

玻璃果树上，词和词像果子彼此惊愕地照看。
岁月在锋利的碎屑中变得更小更肯定，
中指年轮的硬茧沉积了枝叶扶疏的昨天。

中了魔法的“人蛾”有野性而潮湿的甜味，
触须在纠葛中蜿蜒又奇异地探勘；
你的朋友摩尔说，“想象的花园，蟾蜍遍地”，
这是另一种对美的效忠，使纯诗的俊儿昏眩。

空阔的滩涂上有一只金属般的“鹭鸟”，
像这世界的孤本，或静默于大水中的竹筌。
呵，不；它的灰白是初春屋脊背面傲慢的积雪，
在离心中更明确了春天……

当我的姊妹们把“女性诗”写成了连环画，
你只面对艺术本身，更有匠人高贵的尊严；
寻觅宣泄的人无从跟你亲昵，但诗人
谁看到了你玻璃星团上秘密隐去的刻錾？

2000.5.14

日记：天亮前结束写作

就这么着啦。我为一部书稿画上最后的句号。
一年零四个月，焦灼与喜悦相随。
该叫它走了，词语的镜子，钥匙，鞋，尘埃。
此后，我得以享受一段日子的空寂。

天光渐蓝，我辛劳的眼睑有舒服的细涩。
从后窗望出去，是对楼爬墙虎有力的绿漩涡。
我封好要邮寄的书稿，像黎明中的农夫勒紧卖粮的大车。
哦，你有多好听——清晨送奶人嘹亮的哨子。

一只大熊蜂背上，是整个春天的晴空！

2000.5.5

话　语

一

隐秘落下

用陨石的声音述说

它带给你们天外的奇迹

在地面它安详

在天文学家的锤子下它已死亡

这就是诗的话语

无法穿透

每一次剖解都是一种伤害

轻盈吹拂

用风的声音述说

没有核心

你们看到树在晃动

那不是风

风是空无

你们听到的只是耳膜的颤动

风起于无端

涉过了漫长的年代

是大自然的翅羽在飘荡
尔后它宁息

或者是马的眸子
涣散而凝神
在黄昏
你们望着它不要说话
它比语言重要
因为它超出了语言
在马的眸子里
世界懂事得不再吭声

不是母亲的话语
是母亲砧捣寒衣的声音
你用心听着它
无法转述
你不会感到陌生
但又永远不能洞悉
这就是诗的话语
它近乎不在
你相信了它
你活得温柔
安慰

二

河流经过的地方
永远在变幻

卵石和沙砾被淘洗得干净

但这与水无关
水的心思只是流动
你看到发电站的轮子旋转
水车浇灌了燃烧的麦田
请不要对水感恩
(因为它有用)
水只是水
是“自在”流动的意志
不是你利用的东西
水比人类的存在
更古老
也更高洁

草地蓬松
昆虫细细理着触须
这不是诗
诗不单是草的形体
更是草叶里流动的绿汁
你不能只是看到
你得用舌头尝
让它们流入你的动脉
人类对草的理解
比不上任何一只幼鹿

诗歌在你身边

有时又在万有之外

你们看到的

只是你们肉身的影像

不是诗本身

你们只能一点点排除错误

劳作，等待

接近它的元始

1987.7

生活在锡罐里的诗人

他摆弄黑铁的词
他锻制美丽的铁蛾子
他打开窗子放出它们
但没人能忍受这些黑色坚硬的小东西

入夜，纤细的沙沙声叩击他的窗户
蛾子全部返回坩埚
漂游使它们带上斑斑锈迹

他发誓要让蛾子与潮浊的空气隔开
为它们厚厚涂上碧绿的油漆
但黄昏散步时，他看到
在含汞废水河中，它们尸体横集

他愤怒于这一切
为了使诗歌永不再生锈
他将自己搬入一只锡罐
给诗歌的铁蛾子镀锌
他和它们终日闭罐不出

当他孤独得发狂时

他会为锡罐装上轮子

驾驶他的居所穿越夜半的清辉

寻访另一些锡罐的主人

1988.10.12

“所有的朋友都如此怪僻”

“你所有的朋友都如此怪僻，”
那时，妻子总爱这么说。
可我知道她也喜欢这帮写诗的人，
因为她曾是他们中间“退役”的一个。

那时，门房大爷笑对咸带鱼般的长发，
朋友还未问话，他就会指出我家。
后来新朋友又兴剃大秃瓢，
未卜先知的大爷照样不用他们东寻西找。

那时我邋遢的小书房时常抑扬顿挫，
朋友们吟述和讨论刚写成的诗歌；
也有时朋友蓦地脸容愀然，
很可能他受到一个坏韵的折磨。

有些朋友性情偏狭而自恋，
彼此间话语还常常带着某种怨毒；
我也时常受到无端的猜忌指责，
内心留下过丝丝痛楚。

但说到底，他们是为“无用的诗歌”而来，
再偏狭自恋的人，仍称得上骨子里的慷慨！
兰波说得对：“诗人是兄弟。”
实用时代一个人还写诗，就不失可爱。

请相信我们那时鄙薄过世俗的名利之心，
忠实于心灵不能发表又有何要紧？
请相信曾有过那样短暂的年代，
认为怎样写诗就该怎样活人。

……你瞧，年岁不饶人！诗情荏苒，
充满活力的八十年代已像虚幻的寓言。
如今怪僻变得圆通，诗歌文胜于质，
我也只是偶然冲洗这记忆模糊的底片。

2000.9.17

案头剧

一

根本用不着推倒“第四堵墙”。因为
并没有前面的三堵。或者，他的墙
多不胜多，犹如童年的“木头人”游戏
他被指令砌在透明的墙里

剧作家整日俯首案头，写下他的
表演提示。——大幕开启。
推出一百八十平米新的寂静

请接受先上场的男主人公。宽恕他
制造过两个家庭的不幸，现在
他进入第三个家庭；背对我们望着窗外
像盲人谨慎兀立。剃须刀在他脸上逡巡

“嗡——嚓”，剧场响起震耳欲聋的
剃须刀的轰鸣，投影布景的天空被
渐渐刮青。

“我将刮去一切，激进的，怀疑论的；
神秘主义的，本质主义的，恭顺的；
赞美诗的，宗教剧的。
最后，我刮去爱情！”
剃须刀的螺旋桨顿然休止
剧场灌满大叫大嚷的仇恨

男观众紧一紧脸，感受下巴的光溜溜
手臂寂然不动，在女伴旁掩饰着心情
“请女观众也摸摸自己的脸”
[她们没有动，也没有笑]

剧场左侧吸烟室传来啜泣……
[静场] 请接受，这是剧情的一部分。

二

剧作家继续把一些汉字移到纸上。

壁灯菲薄的光线，降低了窥视的程度
现在，我们看到了哑剧或睡眠

墨绿防水布代表虚构的浴盆，滴沥有声
水线哀愁的中音区流下舞台。
空间的延展是无限的，而戏剧也早不是激变的艺术。
现在，出场女主人公的洗浴
她幽蓝的吊带胸衣，在树杈状的衣钩上晃荡
一只草编拖鞋，赌气似的离另一只三米远
浴盆里过度减肥的肢体像被烘干的蓖麻秆

就着水龙头的哔唧她吞下麻籽的药片

舞台右侧边角，［我们假定它为卧房］
男主人公像感应器，也偷偷吞下色彩不同的一片
“一粒，哦，应该是一粒半，
瞧吧，伟哥已不是痿哥”。

防水布无声迸裂。化学干燥的情欲冲涌。
碎影灯荏苒旋出雪花，俄顷
已湮灭到这对夫妇的棉毯

而剧作家已转换了场景

雪野。两只裸猿预支了春日情欲的功课
扭曲的肢体，绷紧的筋腱，失火的器官
听命于神经欣快的纷纭的指挥棒……

现在，我们看到的是哑剧
噢，不，几乎像是杂技的高难动作
男观众器官霈胀，去够女伴的腿
她肩胛羞赧，似乎躲闪着
脚本的一部分。

光瀑兀然飞溅。“他”和“她”
惊悚翻身落床，彼此艰难地辨认

“你是谁?”

"你是谁?"

"我好像在哪儿见过你。"

"好像……"

"咱……们好像是一家人?"

"是呵，一家人不就总干这事嘛。"

"我渴，递给我水……

呸，这是你的××……"

"睡吧，宝贝儿，晚安。"

"睡吧，睡。"

◇◇◇◇◇*055*

剧作家索性把白雪堆到底。

肉体休息后，脂肪的起伏酸心刺骨

光瀑阒熄，巨大的夜光表

像一枚定时炸弹向黎明缩短着引爆的时间

[似乎可以勾去这个蹩脚的戏剧悬念]

三

剧作家匆匆用过晚餐，键盘嘀嗒

打下第三幕舞台指示语

"舞台上的'玻璃迷宫'，可以仿照

东方古典戏剧以人物姿势语来虚拟

不过，最好搭起塑料薄膜回廊

形成若干三四米到五六米

深浅不一的透明巷道。当然，不必用真的玻璃。"

而现在，我们已置身剧场
效果师让空气中弥漫着玻璃胶辛酸的气味

他们已过中年，在燠热的夏季
赤身裸体。女的，头顶花方巾
男的，头戴绿铃铛帽
一对活宝，先彼此哂笑
继而认命如宿，相携恭顺地进入

玻璃走廊。入口消隐后
蒸腾的热气扭曲了
松弛的皮肉
我们仿佛透过潜水镜看到一对疲惫的脱毛火鸡

玻璃的刃面，凝绿如潭
射灯固执地在切割，最终，我们
会看到几个干枯的蜂盘

马蜂背着自己的嘟囔。
“我算知道了什么叫一辈子。”
“别告诉我！”
“我是对的。”
“你总是对的，如果你想这么认为。”
“呵呵……”
“你他妈笑什么？！”
“对不起，我本不想笑。”
“……”

这固执而刺耳的蜂鸣，以纤细声音的茸毛
扎进观众的腧穴，有些酸麻
最后，他们皮肤发热，泛红
继而出现越挠越痒的
婚姻斑疹

但一对老火鸡已不做如是想。
他们楔形的脑袋［铃铛帽和花方巾要浆硬些］
紧贴玻璃走廊探询着出口
投影布景：缓丘中风景如画的墓地。
“那儿多么美！除了那儿我哪儿都不想去！”

但他们出不去，不是撞个满怀
就是总绕到刚刚经过的地方
她决定自缢，但方巾撕成的布条先自断了
他决定撞碎玻璃，但脑袋卡在玻璃的裂口上

离全剧结束还有三分钟
剧作家一狠心决定用漫长的沉寂，为这个规定情境
定格

终场，灯光齐亮
我们站起，像发丧的队伍缓缓走出剧场

积雨云遁驰，雷声响起
发脾气的神在天空摔碎所有的盘盏
在谁的心里发出玻璃隐隐的坼裂声
剧作家望望天空

把雨和那对夫妇关在了他的窗外
多年后，当他漂流异乡归来
随手翻开一本书，有两个人
仍哀愁地望着他，隔着玻璃走廊

四

演出结束后，多余的观众恳谈会。

这是——
哥特式闹鬼房子剧？自然主义悲剧？
都市闹剧？仿神仙剧？
编年史剧？表现主义梦幻剧？
室内滑稽剧？
荒诞剧？

“不，是超戏剧。这不是假设，是生活
请注意
两个坐标
现实的和象征的。
两条线索
私人的和祛秘的
两个声部
先知的和愚人的。”

这主人公是谁？
——“原谅他们吧，他们就是，我和你。”

1998.7—8

卷二

夜烤烟草

牡丹亭

秋风散朗，亭台清旷
拉京胡的爷爷
脸容叆叇

一个“嘎调”在刺他
一颗砾石卡住高腔

鱼群倥偬，倏散
七十年前的铙钹鼓板惊响
“硿嚓——哐！”

忽焉有感　肠回意惨
欲忘还思当年的伶王

穿靛蓝学生装的爷爷
以一袋洋面
换来天桥剧场的皮黄
与一个北平女二中的学生
恍惚的搭讪

使一个家庭有了偶然的起源

拨转了父令如山　媒妁如宿的方向

在奶奶二十年祭日

梦回意彷徨

乱煞年光

牡丹亭，牡丹亭

栌叶纷落

胡琴幽响

1996.2，　1997.4

除夕，特别小的徽帜

她老了
十年前，他已撒手归去
刚才，这个生养我的老妇人
双手各端一杯红酒
与对面空虚的座椅碰杯

现在，她独自躲进厨房
摩挲着那把只剩下二分之一的菜铲
(孩子们多次想扔掉它)
被他俩的岁月磨小的，特别小的徽帜

沙漏中
盐粒簌落
来路茫茫

2003.1.31

少年之忆：水仙镜像

一个男孩儿的累，沿初放的水仙升起
一直到达他光滑的前额。
往世的水，仅有的石子
在贫血中探进了冬天。

倒影中的危险是崭新的。
童年放学后的空教室
碎紫花的球鞋带儿……呵——
当“爱情”从一块橡皮下消失！

空旷的操场上我等什么？
传错了的纸条又该怪谁？
我茫然走上前……又放弃
少年心儿劳瘁急行军的无告和无知！

花盆里的水使枯萎变得漫长。
暮色中纸船更压低了身子。
大耳朵的红小兵女排长
她来啦！盯着我贪长的颈子：

往世之水

至清无鱼。

1994.3

爬卡车

远远地
又开来一辆
解放牌绿卡车
五个男孩儿
羸瘦的肌肉一阵
悸动

“剃过头的——上！”
几双碳棒的小腿
拼命倒腾
表情是五头小巡海夜叉
快，再快一点儿
肮脏的爪子
接近了卡车的
后帮沿儿
再努一下
抠住它
双脚悠出
地面

卡车
像蹿跳的
猎豹
呛人的烟尘
卷刮着后帮沿儿上
五只狐猴

“跳哇——你妈来啦!”
四个男孩儿
先后跳下
巨大的惯性
使大地狠搓他们的身体
而另一个
胆怯了

卡车狂奔
妈妈惊愕的脸一闪而过
路旁刷生石灰水的
白杨树干
连成了缭乱的白墙

轨枕厂后门的铁道口
缓缓放下黑白漆栏杆
卡车减速
终于
停下了

我松开

失血的爪子

转身——

远远地

妈妈俯身追来

她愤怒冲刺的自行车

正掠过

“不怕大风大浪

勇做革命红闯将”的

赭红色巨幅

标语

1992.5.16

1966年冬天纪事

不错，那年我八岁，
正搭在童年和少年之间。
在候车室冰封的窗玻璃上哈个小孔，
望着风雪中的太原火车站：

漫天皆白，红卫兵战旗哗哗翻卷，
高音喇叭在呼喊“太钢惨案”，
传单在雪霰中打旋，又落在月台
或刮到潮湿的火车缓冲器上面。

我的心在沉郁的汽笛声中狂跳，
随着老式蒸汽车头喷出的白色浓烟。
我注意到枕木上存不住积雪，露出
无尽黑色的等号，通向连阴的远天。

啊，“革命”！它可不是“请客吃饭”
它是欢乐和自由，是一群牛犊
冲开了学校和家长的栏杆，
是迎着暴风雪呼啸、向前！

望着红卫兵哥哥姐姐们武装带煞紧的薄军装，
我为自己淡黄的灯芯绒棉猴羞惭。
我想，自己错过了伟大的时代，
只是一盆“温室中过冬的水仙”。

在我八岁贫乏的词汇表里，
深深镌上了迷人的“大串联”。
铁轨像蜿蜒的声带使劲对一个男孩儿召唤：
瓦窑堡……枣园……遵义……井冈山！

第三遍开车的铃声响过，
高音喇叭停止了呼喊。
大部分车厢门还没有关上，
寂静中倏然爆发出革命歌声一片。

我激动地回身望着爸爸妈妈，
他们的神色却悲凉黯淡。
我是被送到河北乡下奶奶家，
似乎爸爸的处境令家人不安。

叫我羡慕的红色列车开走了，
为爸妈想，我只好也装出凄然。
可我的心早已欢跑在奶奶的田野，
“再没人管啦，我要一个人串联。”

1996.11.24

弯腰赎罪

五年级
我当上红小兵连长
工宣队组织批斗会
要我带头
向王荇老师开火

她参加过三青团
她的“路线”
是修正主义教育路线
她的慈祥
是“克己复礼”

我的发言
被一阵口号打断
糟糕
我忘了背好的词

讲台前
弯腰赎罪的王老师

微微侧过深埋的脸

用气息低声说

“孩子，慢慢想，别着急”

1986.4.29

夜烤烟草

大头，最近我常想起你
峻嶒的咬肌，一双困倦的红眼
运了一天粪，军绿棉袄斑斑点点
和衣躺在知青户火炕上
向我诉说对广播站彭金凤的爱恋

门缝钻进的风摇晃着十五瓦灯泡
堆柴的地上，牙狗懵懂着双眼
烟瘾在催促，呼神唤鬼舞蹁跹
我躬背在炕火口翻烤受潮的烟草
那年月，咱们抽不起三毛五的"瑞金"烟

烟草在瓦刀下忽悠忽悠发出香味儿
像金色的草褥，集拢起清贫中的温暖
你单相思的故事教我腻烦…… "烤得嘞"
旧报纸条儿变戏法似的卷成两门大炮
腮帮子嗖嗖鼓翼，脑袋紧跟着晕眩

烟草质地粗劣还混着丝瓜蔓

"妈的，这孬烟让老子喷不成烟圈。"
像你对彭金凤的单恋还没成形就已溃散
剩下的事是睡前右手在兴奋中忙活
后半夜才发出一个"革命青年"的雷鼾

大头，最近我常常把你思念
我勺多菜少、瘾大烟缺年代的伙伴
如今，我跑遍全城到处找不到散烟草
每逢冬夜里饥情往上涌
只能在心里不断翻烤那些受潮的陈年

1996.8.4—7

回忆：赤红之夜

……军用卡车在月夜疾驰
大地闪出灰瓷般的柔光
演出后，文艺宣传队队友们徒步拉练
他和她，幸运地乘车押运道具乐器

红色芭蕾的霹雳加深了红色娘子军的激动
她的脸闪烁着卸妆后凡士林的酩酊
两颗心因红透而膨胀
哦，那禁欲中就要溜出的纯真的颓废

卡车驶上陡坡，风景和人蓦地荡起
他忙扶住那把大“贝司”
她的身体为卡车惯性所鼓励，倾斜贴向他
像是吴琼花恍惚地贴着红旗

军大衣下两颗红心在激烈地跳动
这可怕的一瞬，“修正主义”的一瞬
……唇和唇慌乱地碰在一起
红色情欲中的陷落是更刺激的越轨的陷落

已望到电厂的散热塔
颓废的时间还剩三分钟的路程
吴琼花逃亡的身体在努力加速
他的手畏葸地撞到她红军军服下无辜的乳房

“修就修吧”，热泪迸涌
纯洁，请原谅他们再起义三分钟
当虚弱的心在黎明的湿漉中警醒
悔愧的他们已彼此回避着犯罪的眼神

1994.8

是熟稔带来伤感

听我说，腰椎僵硬的中年
更敏感于枝条柔韧的春天
又是桃李放花时节
当北风服膺于南风的催促
我也放下案头的写作漫步青野
瞬间闻到的是腐殖土熟稔的气息
可这熟稔为什么教我恍惚？

流云汹涌，机井突然轰鸣
惊起高压线架上春睡的燕子
水渠为苋菜田勾勒出几何的银线
看井的汉子面容淡漠
不时瞭望空旷的机耕大道
可这瞭望为什么像我多年前的瞭望？

他的小女儿拼命追过水流
发辫松乱，刘海儿披垂
像好事的孩子为异乡人引路
她的小脚板儿带起泥巴

撒下一只幼兽的欢叫
可这欢叫为什么微微蜇疼了我的心？

瞧，蚯蚓翻松的苋菜田
绿白色碎花汹涌，已高过了绀紫的叶片
哦，它多像那件我暗恋的
七十年代的紫地碎花罩衫，干净，柔软
裹住社中女教员瘦削的身子
可这花布衫的旧日子为什么教我伤感？

苋菜静静地饮足了春水
椭圆的叶簇因感激而微微摇晃
听我说，插队的旧日子我也曾看管机井
也是一个为苋菜上水的午后
社中女教员通知我她的婚期
机井轰鸣，水渠闪亮
可我的心为什么蓦地孤寂而黑暗？

人到中年，新的春天会为老春天将胶片倒转
是熟稔，心呵，是熟稔带来伤感

1995.3，　1997.4

秋日郊外散步

京深高速公路的护栏加深了草场，
暮色中我们散步在郊外干涸的河床，
你散开洗过的秀发，谈起孩子病情好转，
夕阳闪烁的金点将我的悒郁镀亮。

秋天深了，柳条转黄是那么匆忙，
凤仙花和草钩子也发出干燥的金光……
雾幔安详缭绕徐徐合上四野，
大自然的筵宴依依惜别地收场。

西西，我们的心苍老得多么快，多么快！
疲倦和岑寂道着珍重近年已频频叩访。
十八年我们习惯了数不清的争辩与和解，
是呵，有一道暗影就伴随一道光芒。

你瞧，在离河岸二百米的棕色缓丘上，
乡村墓群又将一对对辛劳的农人夫妇合葬；
可记得就在十年之前的夏日，
那儿曾是我们游泳后晾衣的地方？

携手漫游的青春已隔在岁月那一边，

翻开旧相册，我们依然结伴倚窗。

不容易的人生像河床荒凉又发热的沙土路，

在上帝的疏忽里也有上帝的慈祥……

1998.10

未来的旧录像带

石家庄西郊的植物园
在满地落叶中伫立。瞧这老头
刚刮了脸，干干净净的皱纹
亚赛一头步入慈祥期的火鸡

西风翻越抱犊山，涂出一片
铁锌的天气。这老头刚好七十岁

腿脚儿晃得厉害，三杯淡葡萄酒
就麻利地将他郑重的风格歪曲

一九八八年十月，他三十岁生日
录像就在此地。那一头长发像黑烟囱
穿合身的红 T 恤，跳起够柿子
那时，他对三个女人都有二意

在铁线莲和鹳草花之间
他没心没肺地唱过《别让爱悄悄溜去》
还有两本书写得，还有冒险的许诺做得

还有数不清的小乱子等他参与

……录像带已走音、褪色得邪乎
多年后，他仍站在这里。在电磁
来得及说出生活的讥诮之前，他
已无法将剩日的荒瘠从心中抹去

后生们，我最终认输。“老狗不学
新把戏。”日子就是变花草为烂泥
在植物园稍后的双凤山公墓
我爹我娘会招呼我，以他们不变的年纪

2000.11.1

简单的前程

如果——那老家伙开着老牌越野车
雨刷的胶皮已快磨断，用胶带绕着；
车上收音机和时钟早就坏了
他懒得换新的，索性拆掉它们

如果——他腕上的大英格表，字盘已经发黄
工装棉布衬衫袖口磨损，但干净；
他仍旧喜欢用一盒“赵州桥”大火柴点烟
把人送他的奥肯牌打火机丢在家里

如果——他没有多少多余的肉，领口锁骨峭立
挡风玻璃下总扔着一本《草叶集》，但很少打开；
他用方向盘掌握着自己的简单前程
正如我现在掌握着自己的惺忪和轻率

如果——他的行程漫无目的，只为黑曜岩上空飘起大雪
老家伙把大自然的老生常谈看作宝贵的东西；
他喜欢与一条黑贝搭伴儿，倦于谈世事休咎
浮生无所谓什么吃一堑，又何劳智者的开导

如果——他让我搭上车，只因看我顺眼并不问去哪
默默无言的旅程，可俩人谁也不会觉得别扭；
他的雪茄烟灰老长，直到弯曲时才啪地弹掉
山崖下他踩了刹车，递给我一瓶用老牙嗑开盖的黑啤

他是否就是多年后的我
叠印中的简单前程？

2001.12.26

红黄绿黑花条围巾

今晚大雪飘摇
眩晕使我暂时退出朋友们的酒局
大街上出租车放慢了速度
汽车前灯照出束束
不胜酒力的雪花
和在酒光四射中摇晃的裕华路
一个穿军大衣的少妇
怀抱一摞书籍走上便道
她的头微微仰向天空
承接着脸上融雪的快乐
红黄绿黑花条围巾裹着她的脸
在路灯和雪阵的映射下
闪出清洁白皙的柔光

大地像一张旋转的
洁白的胶木老唱片
以微微抖颤而失真的音质
唤回我自律与单纯的青春岁月

一条八十年代老式的花条围巾
一种老派的围法
一张成熟美丽的脸
让醉酒中的我踏实，又猛地一震
感到我的生活和心，好好的没变

透过酒店玻璃我望着朋友们
他们还在为“后现代”起劲地争执
伙计们，让我们谈点逝去年代的人与事
与我们记忆中珍存的青春原浆酒窖相比
“后现代”鸡尾酒又算什么？

1994.1.2

醉　酒

像老朋友韩东说的那样
在所有的愿望中我有个喝醉的愿望
万事如麻我一再延误
今番它袭来得出人意想

眩晕中我听到神经列队轮唱
朋友们的安慰却仿佛听不到声响
在我与“他们”之间被什么分开
七张嘴在动——有如隔着厚玻璃窗

快乐啊，我脸贴着春天的泥浆
博物馆、民警、女工在倒影里奔忙
连命运对我也莫可奈何
它知趣地待在中山东路一旁

我看到另一个“我”跨入密室
把台灯打开写下简单憨实的诗行：
唯一的愿望是大醉一次的愿望
是卡通片中戴宽边帽的侠客的愿望

1990.12.3

北郊景色，或挽歌

——致亡友 D

冬季的田野：倒空的盘子。
不远处是撞坏的汽车堆积场。
风声零碎，发愁这堆大地无法消化的
起瘤的钢铁橡胶面包。

如同一场梦飞出我的脑袋，
天空漫溢成吨的白雪药粉和绷带。
我记得我到过这儿——
一年前？或十个月前？
那时 D 和我在聊着他新写的诗，
北郊田畴，像被雪花铺成巨大潮湿的稿纸。

“我要买一辆车。”
一辆尚不存在的捷达，
以死神的加速度从二环路上奔腾而出，
扳弯了命运的右手，直到
撞上一年后的驭者 D。

下午五点半，北郊的天空又受到化工厂浊黄的控制。

冬青枯萎，如垂暮者抱头跌坐。

远处有三三两两遛着脏狗的“现代化”娘们儿。

提前到来的夜晚，

废车堆积场像水泥的蛾巢，

亮起冷冷的荧光。

1990.12.4

隐约可闻

在贵州红枫湖诗会上
我看到语言豁然坠落
水波中撒满了象形文字
它们木木地讥笑着我

我敢肯定围着篝火纵情欢叫的诗人
是另一种“欢叫”的复制品假货
像一群潜泳的幽灵
那么可乐，那么夸张，那么落寞

穿过布依族寨子的大门
我看到布依姑娘像幽蓝的花朵
我想抚摸她们土布衣衫上稚拙的纹章
又担心被认为意味着什么

狂舞已经散尽，坠落还在坠落
夜的呼吸平静，山像山那样坐着
一只矮壮的小狗把鼻息喷向我
它的善良恰如其分，不比“善良”更多

在散发着木霉味儿的平台上我独酌后短寐
枕的是旅行包和枯燥的一页页“诗学”演说
惺忪中隐约可闻布依族姑娘的低语
关于诗，我此刻就是这么想的

1995.10

槐 树

如今城里多的是梧桐，
每天我和它们互相走过，
像是许多陌生的面孔，
望过去望过来都是冷漠。
有时我默默地抚摸它们，
干净的枝桠愣得寂静。
我会想起我插队的故乡
那儿多的是槐树。我知道它们
每一道擦痕的来历，
如今它们还站在村口
睁着蛀空的眼睛，像苍老的
奶奶等我回来。
在城里住得久了，
所有的枝桠被正确地修剪，
想起故乡闪着黑光的槐树，
我的心也生长出擦痕，
眼睛就流出苦涩的树汁。
而我的妻子喜欢梧桐。
在树下，她和儿子绕得——

生动。遇到树上栖着小鸟儿
她就讲讲美丽翅膀的寓言，
她不知道在我插队的——故乡，
高大的槐树上结满老鸦。
偶尔有风从山梁上逼来，
这些鸟儿就猛撞过去，
风儿沉默，它们又绕树三匝
直到扣疼我的灵魂。
这些不祥的鸟儿
眼中总是闪着泪光。它们
全都选择槐树，筑成自己的家。
而到了冬天，槐树们用力举着乌云
在雪地上投出笨重自尊的影子。

我将选择一个晴和的假日，
带他们回去看看。
真正的树。真正的飞翔。看看
土地和天空本来的颜色。
可我的假日总不晴和，
只能在陌生的路上疲惫着优雅的梧桐，
想到这儿我猛然攥紧他们的手，
忧伤的神色教他们吃惊。

1987.4.4

天道远，吾道迩

岁月的流逝已教会我平静地面对写作的，无用。

所谓的傲慢就是不再慌着走向，未来。

我索性把空虚弄得更空。
我把空虚从体内的黑窖，一块一块掏出来，
再往下，我将掏出肝脏中石油咕噜的喘息。
因持久开采，我的脸容有疲倦中的秘密欣喜。

我冥顽不已，浪掷“太初有道”的提醒；
它与我有什么关系？
我什么也不想改变，
我希望自己再彻底一些，
直到变成随风而去的纸屑。

书呆子巨大的奢侈。柔情侠骨两消融。
我不可能生在一个比诗歌无用的时代更美好的时代！

2001.12

“点彩”画家

——为友人 S 作

这是劳动，不是激情练习。
我右肩胛的疼痛像数万颗圆彩点
那样密集；这是景物，阳光和色彩
对眼睛的纠正，不是“生命的燃烧”。
你静静地看画，渴了自己倒扎啤。但是
别对我讲灵魂的高大，我努力攀爬的
只是色阶。这世界“高大的灵魂”已太多
挤满了通往精神病院的官道
它们自我恫吓，并彼此恫吓
像婴孩的哭喊，唤起了另外的婴孩

这是线条的硬度，不是“喻指”的硬度。
代替与艺术亲缘秘密的，是恰当的距离；
我这儿不会有混乱光线的逐行，自鸣的灵犀
攒动，线条扭曲着发出厉声厉色的警告。
我先前的朋友也学会了在画中迎合
讨厌的哲学腔，犹如终于泅出技艺的
死海，唱起了“深度”的赞美诗。

我不藐视他们线条的漫天吐溅，但对我而言
稳定的垂直线和水平线，纯色的色点，或许更难。
让色彩留在自己的元素里，它累了，需要休憩

这是对比的规律，光渗的规律
不是“历史的规律”。这是典型的风格化
不是癫狂的“风云史”。评论家拔出雪茄
挥动手臂说：“你画出了时代的呆板和伤感！”
——我完全听不懂这玄学猫头鹰的尖叫声。
人，该说实在的话，我在这时代算得上快活。
画架倾斜着，但我的体力还站得很直；
冬季我靠为画店临摹名作挣点钱，这保证我
其他三季去画秦皇岛晴朗的风景。你看
现在射灯正照着我用整整半年画好的海湾铁桥。

2000.9

卷三

美色折人

暖　冬

这个冬天
我埋首于一本书的写作
(一本有关人性与诗的书)

噢，石家庄的冬天像是只有两天
(一天淡雾氤氲。一天阳光慵懒。)

白杨树言简意赅的枝桠上
一只雀儿茕茕独立
(它是哪一只？是不是昨天那只？)

内蒙古派来的风
翻扑着妻子晾晒的乳白羽绒衣
(但风儿是心意暖和的)

院子里采暖锅炉多余地哼吟
烟囱喷吐着都市的肺病
(窗外，女孩们为输掉的跳房子彼此埋怨)

数日不出，自行车座子上落满尘土
谁在上面画了一条小鱼（或小龟）？
(画家不超过五岁，我向抽象派大师敬礼！)

第二个冬日，书已出版
朋友们说它温和得有些诡异
(是否一个暖冬影响了我的心情？)

对，那个冬天显得不太真实
(有如热和冷对弈，走出平局)
我阴郁的心，学会了大度

(我已进入写作的“慈祥期”了吗？)
当暮色像古巴糖撒满又一个暖冬
在薄甜和微凉里，我淡然入神，调侃自己。

2001.2

堆满废稿的房间

小林的披肩在微颤
播撒出香膏和残叶的气味
她的双休日架在叠句和泪水之间
她想象自己是低语的“爱玛”
等着接她私奔的马车敲击路面

在她的书房，我踏实坐着
翻看新版的《汉语词典》
它与修辞无关，没有伤心的“夜莺”；
“火焰”燃烧后产生一氧化碳
它是一个词，与“捐躯”无关

词典在一个外省教书匠手上
其意义在于控制“能指”无边的发展
三十八岁已不是涂鸦的年龄
只要准确，我不再担心意象的暗淡。
诗是准确的力学，无论拉近或推远

小林甩动她深棕色的长发

拖过地板的长裙使房间的格局随之变幻
三年前我曾为这个动作心跳
有如面对一张十九世纪的倩女照片。
如今，我只注意到窗外赤日炎炎

一个二十六岁的姑娘在挥霍语言
她的废稿在堆积，比她更慵懒
我已从她心上缓缓滑落
不会再为趣味起劲地争辩。
我喜欢踏实坐着，随便聊天

小林的手指抠着水杯
她微蹙的眉尖流露出叹怨
我已不习惯不期然中的罗曼史发生
衰老是美的，干吗要“赎回时间”？
讨论开始了——“我们俩谁更荒诞”

1996.7.12

美色折人

大学城运动场上
挥霍着快意青春的筋腱
明媚的脸，鲜润的脸，去痘灵的脸
哦，像光斑追嬉光斑

退休的自由体操女教练
迷上了古老东方的调息，吐纳，导引
她的屁股，与灯笼裤一起下坠
胸部不争，华发缱绻

晨风吹动蜂腰下的短裙
练自由体操的姑娘们向教练恭问晨安
翘臀挺胸，迸涌青春的傲慢

跑吧，跳吧，姑娘们，跳……
听我说——
光阴易逝，青春荏苒
趁年华葱茏，别藏起狂癫
瞧，眼前这个倦怠的老妇人
多年前她可是美色折人，名满校园

1996.4

旅途，文野之分

火车奔驰在京太线上
沉闷的旅途依赖于阅读
诗人摊开的是《瓦雷里诗歌全集》
我翻着一张随手买来的准黄色小报

灰褐色的太行山
灰褐色的枯干的河床
弯曲小道上赶脚儿拉煤的壮工
使诗人意兴阑珊昏昏欲睡

火车驶过娘子关，诗人蓦然兴奋——
“瞧，那多像亚述人的空中城堡！
还有那些布巾蒙面的人！”
我看到的不过是石砌高拱的石灰窑
水泥厂层层向上缩进的大收料塔
被粉尘呛伤肺部的蚁群般干活的民工
我知道，我和诗人有些不同
火车经过井陉口
太行山脉渐呈绿意

河滩里有水流和鸭群
诗人的眼睛闪出光彩

……突然，他厌恶地收回视线：
“他们多么愚昧，多可悲！”
我看到了五个沿铁路隧道口
偷扒货车焦炭的穷孩子
正掏出小黑鸡鸡向全体旅客欢呼致意
瞬间，我感到这次沉闷旅行的结尾亦不失美好

我终于肯定：我与诗人之间有根本的不同

2002.4.17

英格丽·褒曼：《秋之奏鸣曲》

秋天深了，大地开始清点收成
小女儿开始清算感情。宁谧的
老枫林别墅，无眠人的眼睛
有着过度喧嚣的黑暗。地毯上
仰面摊开的女钢琴家是那么无助
她肩膀的痉挛酸心刺骨
她的心沿着渐弱的琶音躲入深秋迟暮
她的一生美得令人担心，美得糊里糊涂
就像深临昙花的日子。

预感已被证实。
但孩子，转开你瞄准器一样的眼睛吧
你母亲，比你更幼稚，更无辜。
如果你曾是可怜的山羊
她现在不过是难堪的羚羊
是偶然的肉体癫狂带来了你
——但羚羊有自己的事做。
日出时让悲伤终结。
被斥骂的母亲，她的一生有另一种纯粹和英勇。

1999.10.16

早　餐

无数个冬天的早晨
厨房传来窸窣
年轻的妈妈
轻轻击碎水缸中的冰片
捅火　烧饭

爸爸结束了晨练
“你轻点　让孩子再睡会儿”
——妈妈对他嘘着指尖

被窝里
我已经醒来
望着窗玻璃的冰凌花
想它像宝剑　还是像船

吃吧　一碟雪里蕻
一碗米粥　烤窝头片
我背起布书包　拉开家门
雪地的反光使我眯起眼

有雾凇的柳树干枝上

三颗晨星闪烁

妈妈的早餐使冬天温暖

多年后

无数个冬天的早晨

妈妈的头发白过了冰凌花

在枕头上揉得凌乱

人到中年的我

打开煤气灶煮早餐

不要开油烟机　让妈妈再睡会儿

嘘——，轻点

积雪映亮五路车站的站牌

早班的公共汽车轰鸣

而爸爸，在另一个世界

是否还保持着晨练的习惯

1998.4.8

孩子和猫

在西清公园
遇上大雨
我和憨儿子共打一把伞

冬青丛边有一只瘦猫
浑身泥水
不停抖动身子
它奓起的毛
又吸入了更多的雨水

儿子夺过雨伞
朝它跑去
要和它共打
一个惊悚而逃
一个拼命追赶

雨水暴泻
浑身精湿
我不住打着喷嚏

1997.7.2

借书轶事

河北师大图书馆
线条简洁又流畅
新油漆的桌椅比读者漂亮
散发着清漆的香味儿
和开朗的光芒

我喜欢的姑娘
正站在铝合金升降梯上
将新购进的诗集整齐摆放
刚才她还在林子里跳绳儿
起伏的发辫使我怅惘
一些书已经上架
另一些从她手中滑落
我看到地下一本《生命诗学》
擦亮了她野薄荷一样的目光……

此刻多么美多么安详
站在四层楼的高度
我注意到树枝不能遮挡的

一大块太阳
袅起的对流风将窗帘掀动
现在她已发现身后的“陈老师”
但我的表情已调整到无关痛痒

1995.9

信：荒漠甘泉

这年我一家频遭颠踬
命运沉着地完成着
它令人费解的计划
你寄来一些钱和这本书
——《荒漠甘泉》

多么好的名字
神，仿佛要用一个素朴的喻象
勉励和安慰他虚弱的众儿女

往返于忙碌的医院和寥落的家之间
这本书始终与白色保温饭盒为伴
我携带着它，但从未阅读
一是没有时间
再者，是出于莫名的恭敬——
颟顸的我本来一直没有信仰
临时，我怎能让神服务于人？
我要在无所祈求时读它
比如今天，阳光照耀着

刚刚整理干净的家
我倒掉了未用完的
许多药片与几盒针管儿
我读了这本书
在给你写信

我的朋友
钱我刚寄还，请查收
而这本书，让我诚实地说
不如我期待中的那么好
(因我已读过数遍《重负与神恩》)
但它的书名我永志不忘
浮生如寄
而友情也就是
荒漠甘泉

1995.4.12

推土机和螳螂

快成熟的玉米来不及收割
又一块郊区农田
划作“富豪俱乐部”的高尔夫球场

大地震荡
九辆推土机阴郁地并进
翻涌的留青茬的新土上
有亡命溃退的袖珍国度——
迷彩服的蝗虫陆军
绿军衣的螽斯赤卫队
蠼螋的红衣长老院
后面是群群皂衣褴褛的难民蟋蟀
和更细小的蚂蚁孤儿院……

一个农妇无端地斥骂
朝推土机欢呼的孩子们
她的双眼哀怨而无告
一只螳螂
在抖颤中挺起身

不屈地迎着推土机方阵
它锋利的双臂合十
像最后撤退的修士
在无助地抗议入侵者
还是在为土地做最后的祈祷

2000.10

没有人能说他比别人更“深入时代”

我前天坐在灯火辉煌的大会堂里
听一头吞掉麦克风的河马吼叫
“你们要深入时代！”

我昨天收到真理部的灰喜鹊
集体飞掷出的尖唳
“为什么你们的诗不深入时代？”

刚才，甚至在酒局上，真讨厌
一个发财的胖蟾蜍涨红着满脸皮痘：
“你们的诗，应歌颂时代……”

“时代、时代”，我被这个词赶着
我嘿嘿笑着，知道他们的“时代”所指何在

现在我脚步趔趄地回家，看到我家楼下
菜市场那家腌菜、豆腐坊
老耿爷爷下岗的儿子儿媳今冬受雇于它
小两口凌晨起来洗菜磨豆腐，双手皴裂

老耿爷爷到晚上还未卖出多少

腌菜、豆腐和他的老眼都结了冰碴

他们可从没想深入时代

他们巴不得躲过时代

可时代生活用盐水

深深蜇入了他们皴裂的一切

2000.1.13

挥拍从兹去，或温和的离异

她，将网球握在左手
钻黄色的毡毛使掌心舒适
冷傲地将球儿上抛
最高点瞬息停顿时（夕阳晃眼）
甩臂挥击，白球衣下乳房腾越

他，绕球引拍
轻巧送过
微微发福的身量前倾
像是谦抑地鞠躬（地上有一只甲虫）
五年前，他在这儿教她反拍截击

她，吃够了他放出的各式黏黏糊糊的短球
(在卧室，在客厅，谎言绕灯嘤嗡)
但此刻只能沮丧地将球挑高
她又惨啦，已无法够到打回的高压球
他温和的突袭令她胸闷
他，微微赔笑
似乎是因“喂球”失误而自责

鳄鱼牌 T 恤下动作的幅度越来越小
网前正拍拦击看上去也像是长者的温抚
——但失分的几乎总是她

她，凌空拦截，底线抽击
越来越凶狠，但屡屡失手……他赢了最后一场球
“你们已看到了一切。这就像是我俩
生活的基本格局。”她说
对着球场边四个最亲密的朋友

——他们因另一个强入“球场”的年轻女人而分手
这是一场“散伙球”（因“最后的晚餐”已成俗套）
在大学城网球场，我拉着他们四岁的女儿
钛制的篮球拍一人分到一支
它们再不会在一场球中出现

黄昏柔和的风，正吹过球拍上磨旧了的牛筋弦

2000.5.4

流水38行：愚人初级读物

为了不让朋友们扫兴，不胜酒力的你索性主动将自己放翻。

如果有人踩疼了你的脚，最好的方法是静等疼痛消失。

还敢做失常的事，说明你还不老。

嘲笑自己是有益的，而且免费。

澡堂里放声歌唱的胖子令人讨厌。

睡眠过长引起我的偏头疼。

没人会原谅一个中年人喋喋不休地诉苦。

在生人面前亲昵的夫妻是可疑的。

赵军说，不要与薄嘴唇的女人恋爱，哪怕她别处都很好。

那个反复炫耀自己孩子的人，是无知的人。

父亲去世几年后，妈妈才知道谁是他的真朋友。

不要与权贵交朋友，也不要与之叫板；他们长着别样的心肝。

有些话只适宜在电话中交谈。

那个点菜过多的人是有事要说的人。

不要从母亲手里抢过电视遥控器。

拖延做决定是“决定”最常见的一种。

一想到多莉是克隆的，我有一段对所有的羊都充满厌恶。

浪费的女人是健康的女人。

红色六缸越野车是我的理想。

夜晚丢掉钥匙的人只能在路灯下寻找。

溺爱出逆子可能是句蠢话。

凌乱的书房才令我舒服。

不要超过两次问客人“吃好了吗？”

自愿独身的人，是比我们都透彻的生而知之的人。

不要斥责将菜汤洒在你裤子上的乡下打工妹。

愚公是老实人，但不见得比智叟更老实。

考拉的脸是我最爱的脸。

黑猩猩的脸是我讨厌的脸。

不要碰蜗牛的触角，不要拍击正交配的蜻蜓。

长毛垂耳猎犬像受伤的凡·高，牧羊犬像忧郁的契诃夫。

多花一刻钟，从另一条路回家。

开饭时间到了，你不饿就别吃。

对坏蛋，说不过就揍他！

占星术是不坏的一分钟小说。

从未有过自杀念头的人是颓废的也是可怕的人。

我佩服的人是不戴表的人。

我喜欢的人是朝里方向划火柴的人。

——你同意吗，至少其中的七条？

1999.4.3

论战试解

一只金丝鸟唧唧
唱就唱隐喻的
那些家常叫法儿
是分行的垃圾

一只秃鹌鹑喳喳
叫就叫口语的
玩高雅的
是充外国鸟

一块豆腐干儿咕哝
诗要照我的样写
在严谨中有滋味
还涉及到正派

一卷豆腐丝儿嘟囔
诗要浑不吝
严谨也太老土
都“后豆腐”时代了

最后他们打了起来
金丝鸟蛋和鹌鹑蛋相互看不上
豆腐丝和豆腐干彼此瞧不起

说到底
甲乙都是说鸟语
丙丁都是豆腐
而我的牙口是鸟蛋拌豆子
甲丙炖乙丁

“没死凿一种风格
读者记不住——
那你就写不‘出来’喽!”
四个声音一块儿冲我喊

我是为自己的心写诗
怎么恰当就怎么招呼
我在诗中快活地游逛
——写不“出来”怎样
写“出来”又怎样?

2001.5

译诗轶事

我的洋哥们儿德默尔是一留学生
他的中文名字叫李大慈
这家伙酷爱中华古文化
但总是学后忘前
眼看要回国无法蒙事
在我撺掇下
他仿照“李梅亭”教授的路子
分门别类做了数盒子卡片儿：

C—1，儒家教诲
C—2，释空真言
C—3，道教津梁
C—4，命相之学
C—5，食疗药膳
C—6，秘密会社
C—7，造园逸趣
C—8，房事养生
C—9，菜肴菜系
C—10，文房四宝

C—11，节庆禁忌

C—12，酒茗之道

——“陈爷，还差什么?”

——“德二爷，还差‘诗艺诗品’”

他决定恶补　决定译诗

头一天就出了事儿

他把“月下老”译成“月光下的老人”

“这整个瞎掰!”

我给他讲了何为“月老儿”

第二天又出了事儿

他把“月下老”译成“丘比特”

“意思有了……但可能更他妈离谱!”

李大慈顿悟道:

“西边的丘比特

是一浪漫主义淘气包儿

一时兴起执箭乱射

爱情来得刺激而慌乱

东边的月下老

是一现实主义老爷子

他的红线拴的

是能过日子的主儿”

德默尔决定对诗“默尔”

译诗之难

可见一斑

2000.7， 2001.2

小叔的前“后现代”

那时山大毕业的小叔　插队到榆次
刷标语　“粮食过黄河跨长江”
画计划生育宣传画　“高高兴兴去结扎”
画（不太像的）毛主席像
明写扎根决心书　暗写小资诗歌

今日请我帮他翻拣甄别旧稿
酸文假醋的诗文统统烧掉
唯一令我踌躇的文字　是一份
为老乡代写的“家庭财产分单”
小叔给我看了又看　它不是诗
可却比诗更固执　它硌着我的心
年过半百的小叔　你听我说
只要咱们心有所动　是否算诗已无甚要紧——

“立分单人赵玉堂　赵勤堂　赵瑞堂
因伙过不和　决定分开　各立门户
经中人赵立臣及家族人等说和
拈阄为定　俾无怨言　立分单如下

“因母亲赵王氏在世　需暂权如下财产

北房一间（包括西隔山墙小梁一根）

齐头进门桌一张　旧坐柜一个

床一张　水瓮一口　案板一块

柏木水筲一只　风箱一个

纺车一架　院内槐树一棵

以上家财允许长期使用

因需要可以卖给他人　唯不得

送或卖给三子中任何一人

赵王氏离世遗留财产　弟兄仨均分

半新白山牌自行车一辆　作为三妹素敏

出嫁时陪送用　故素敏结婚时

兄弟三人不再分担分文

砘房大笸箩一只　小碌碡一个

为赵王氏所有

“分到赵玉堂名下　东房北头一间

猪圈一个　北隔山墙梁一根　家具三件

分到赵勤堂名下　东房南头一间

西棚子一个　土坯一千三百块

南隔山墙梁一根　家具三件

分到赵瑞堂名下　北小房一间

农具五件　檩条九十根

已弯好梁用钢筋二套　家具三件

“亡父赵恒臣遗留之盖房外账四千元整

由兄弟三人均摊归还
供养老母自七三年春分开始
赵玉堂每年供老人食油四斤　小麦
八十斤　谷子二十斤　玉米五十斤
赵勤堂每年供老人食油四斤　小麦
八十斤　山药一百斤　高粱七十斤
(麦粮过麦即交　秋粮过秋即交
不得拖延　刁难　短斤缺两)
赵瑞堂每年供老人煤三百斤
烧炕柴禾及菜蔬管够
大姐慧敏二姐建敏探亲或伺候老人期间
如有需要　在玉堂勤堂家轮流住

“旧历年节　老人轮流派饭三兄弟处
老人四类分子之扫街任务　如大队准允
由三子协商一递一轮流承担
老人看病　以及百年后停灵发丧费用
由三子均摊　寿服铺盖由三女均摊

“此分单一式三份　各执为据
空口无凭　立字为证
中人赵立臣　代笔人陈克非（隶字方戳)
立分人赵玉堂—赵勤堂　赵瑞堂（指印)
中华人民共和国　一九七二年
立于屯头村”

今天，写诗的后生们

嚷嚷着要“回到物体本身”
我也想从艾希的《物品清点》中
学一学砍尽伐光隐喻的“后现代”
可伙计们　我小叔三十年前的文字
是不是与咱们撞了个满怀

“如果分行　这是否算诗”
小叔对我快意地调侃
婶婶催着开饭　说“要算，咱都算；要不算，都不算!”

2000.6，　2001.8

本学期述职书

看官，我困在本学期述职书里
从早饭到晚饭，整整一天
十六开表格，得填正反四面
我写过不少评论文章，有长有短
有的磨皮擦痒，有的直取要端——
（有几篇好东西，编辑部来函
“伙计请原谅，鄙刊暂无力付钱”
而那些信手涂鸦的消闲之作，稿费
来得快当，千字百元）——
可对这三千字的“本学期述职书”
怎么写？让一个写字快手为了难
教书匠有什么好写的？还不就是
备课，上课，开会，科研
我至多三行字就能清清楚楚交代完
系里电话催了四遍
“快点交，就剩你啦。写充分点！”
我真想不出，那些可爱的同事
是如何意气风发地将四页纸填满

"你怎样教书育人"，此栏乃首要
我得填好。——我怎样教书育人？
来回盘算我总不能如实相告：
你们指定的教材都是胡说八道
它唯一的功效就是催学生大脑睡觉
我从未给徒儿们灌过这劳什子一条
它说，要写作"首先得检查自己的世界观"
"第二步，要与火热的时代拥抱"
"第三步，团结教育打击消灭谁谁要记牢"
"第四步，不要表现自我，不要迷恋技巧"
老天爷，我大着嗓门告诉学生
文学不是文件，不是匕首和枪炮
它是表达人性心灵的难能的语言技艺，要深入词
词也是源泉与骨肉，母语的脾性你得知道
写作，像我与另一个"我"在争辩、摔跤
"我是谁？我是否一定倾心这样活？
你要从内心把答案挖到……"
那些女生听得紧张，入迷。个把男生
直擂课桌，像牲口快活地嗷嗷直叫
——看官您瞧，我教书，但育不了人
对人生，这帮小家伙比我老到
有个体格健壮的小子老想退学
他迷上了徐星和"在路上"那一套
他诗写得比我不差，"老师，我在学校
……想学的什么也学不到"
"此言不差，要退就退吧
我借给你点盘缠，只要你把写作弄得地道"

我还做不好自育，岂能育人
“咱们商量着讲课”，我总如是坦告
——可述职书能这么写吗？我不想将谁惹恼
抄一段《中国教育报》头条，一千字
“我一贯晓以大义，做梦
都忘不了琢磨‘育人’之伟大师道
从我课上出去的，个个是好样的蜡烛
目光笔直，一腔豪气，燃烧自己，把别人照耀”

哎，我手肘有点酸，抄这一千字累坏了我
“工作态度”一栏，我又犯了琢磨：
一本本讲义，都是我重新写的
现成的教学大纲规定的统一“观点”“内核”
我一看，连肝儿都会哆嗦
我总不能那么无耻又省事
把自己切削到“执行教育纪律”的规格
将那些白痴般的“学问”，向孩儿们“转播”
用心写教案可真熬煞了我，四大本，三十万字
没电脑，一笔一画写出来的
看官，想起它来，我不免愀然多多
自我感动呐，差点儿眼泪鼻涕共滂沱
——这“工作态度”怎么说？没法说
不追究你破坏教学纪律，够不计较了
——不慌，我先抄段“教学指示书”
一千字几乎凑够。“鄙人本学期工作态度
第一，守纪。第二，稳妥。第三，敢想不敢做”
这家伙终于走上正路啦——头儿会如是说

最后，是填“学术活动与成果”栏
我一瞧，脑袋比麻还要乱
本学期我外出开过两次“重要”学科例会
与同一帮领带倍儿挺的家伙见面——
像不断重放一盘老录像带，“专家们”
四眼儿瞪圆发表二十年不变的“学术观点”
我将那论文提要册翻一翻，真是抱歉
打出个超长的吉尼斯呵欠，立马回屋
大睡两天。充足的睡眠令我快乐地傻笑
再也懒得发言。免得让“学者们”观瞻
一个怪物的文学观念和粗糙容颜
会下饭饱酒酣，“权威们”嘴里叼根牙签
抓紧打探“职称”“特贴”“拨款”“升迁”……
这些话题，是否比他妈黄段子还要俗滥！
本学期，我还偷偷参加过两次特殊的研讨会
自费，没处报销，因其发起于民间
在那儿，我遵守了“黑道”学术规范
那就得动真家伙，探询，争吵，发现
你要没什么真知灼见还腆个脸发言
立马会被轰下台，趁早卷包滚蛋
——可“本学期述职书”能写这一码么
看官，我该写点什么，一千字，你都能替我想见……
至于“学术成果”，校方已知道，无法再瞒
本学期在下有几篇文章
发表于刊物“偏见集或愚人志”一栏
它们已受到义正词严的批判，我无须赘言

行啦，我用不着操心到时候得交出述职书
三千多字，内容充实，观点正确，令人鼓舞
彼时节，我兴奋不已边读它边端起晚饭的黑米粥
哎呀！我一时激动把碗在述职书上碰扣

1996.12

卷四

嗡嗡作响的光斑

无端泪涌

雪峰
巨大的投影
在午后两点
渐渐缩短
最后移开
瞬息间
太阳淡绿的光瀑
灌满了鹿马登的山谷

阳光照亮一座
各色石板垒成的……谷仓？
哦，不，是傈僳人的小教堂
在它尖顶的十字架上
一只蓝杜鹃
静静伫望

脚下
怒江平静流淌
远处

溜索孤单

教堂内
传出赞美诗参差的吟述
我虚弱地蹲下
无端泪涌……

1991.7.4

登山记

中巴逸出秦青公路，停靠在祖山脚下
我们呼嚷着下车。背上的军用背包
负重适当，使我轻快地蹦跶了三下。
在城里我只与人工园林假山照面
那种绿色会叫我惬意但不是激动；
现在我才明确这一点。呵，久违啦
我面前是苍莽迤逦的燕山东脉
未经任何修剪的林木花草让我激动
“对，是激动，不是惬意”，这很关键
朋友们纷纷赞同我审慎的措辞。

用不着弗罗斯特的教诲，我选择一条
“未走的路”是理所当然。我们的右边
天女峰垂下山溪，吟述着海拔 1424 米处
融雪的激动，它像一条银丝绳带我们曲身盘拔；
从我另一侧的刺秋、艾草和藜芦丛中，看到了
精瘦黄羊勤恳蹄迹的铸模，我的心跳轻快。
而间或出现的一坨坨带毛的狼粪，和死狍子骨架
又加重了我的心跳。我们继续攀爬

肺叶喜悦地扇动，汗毛孔全部打开……
山风粗粝，将城市令人讨厌的贪婪、算计
将无聊的哀愁猛烈吹出我们体外。

在山顶，我们瘫软的双腿控制不住哆嗦
但没人坐下歇息。南眺渤海湾像巨大的
金箔折刀，西望长城像青萍剑欲飞出绿剑匣……
姑娘们解下帽兜，采摘来松蘑，黄花菜，山葱，榛子
我们则撅来干柴，用防风打火机点火烧水煮饭。
在刚支好的登山帐篷上，我拈起一只紫金甲虫
它被烈日和山风淬砺的背甲是凉的
用它的六把小钳子夹着我的手指，不像是
抵抗倒像是亲昵。群峰之上一只松鸡离我
约二十米远却在悠然踱步。

我沉思默吟——
世界，让我和敌手讲和并宽宥我迟到的醒悟
只要还有健壮的双腿和明亮的眼睛
我们其实不曾在世上真的丢失过什么……

1997.6

拒马河边的果园

意外的馈赠。
汽车抛锚在接近野三坡的路上。
山岚被爽风浣洗，
空气如醇醪。
我的肺叶变得轻快。

安静。我就近走入拒马河边的果园。
木栅门左侧是一口水井，
青石板井沿儿
因冲洗而现出石匠的凿痕。
右侧是一匹吃草的栗色马儿，
她全身凝止，只有嘴唇在动。
在生活中我认同马儿的哲学，
低头吃草，当做完一天的工作，
将蹄子老实地浅浅插在土中。
菜蝴蝶飞出了芸豆架的寄宿学校，
闪进果园投递她羞涩的两封短函。
收获日过了，苹果乖乖睡进白色的纸箱。

引擎轰鸣，朋友挥动油污的双手招呼我上车。

当吉普车重新驰上国道，

我的心随受惊的山雀飞入果园。

1994.10.27

大淀的清晨

落了一夜的雨在早晨停住。
我身下的草席发出蒲苇的气味儿。
机帆船舷旁堆着十四只绿色的空酒瓶，
霏雨的冲洗使它们反射出曦光。
朋友们还在酣睡，
他们的困倦缘于竟夜的牌局。
而在鱼鹰翅膀舒缓又轻逸的扑棱声中
我独自醒来，光脚走出船舱。

雨后的太阳像渔家姑娘苇编的
大金箔盘盏，柔和地闪熠，
大淀吐翠，芦荡莽莽，
凉快的湖风翻扑着荷叶
和我宽大的棉布衬衫。
在靠近船身右侧的地方
一群透明的小青虾凝然不动
用它们清亮呆滞的近视眼盯着虾篓，
由于我快活的尖叫提醒
又倏然遁入青泥。

挖藕采菱的安新渔民驾木舟
从如烟的岸柳中驶来……

哦，星期天的白洋淀清晨
显得不真实。它让我忘记了生活重压的焦虑，
有如天涯归客恍惚于故乡久别的美。
如果不是抬眼望到那些旅游者在玩飘伞，
我就将一步跨出“现代化”的时间。

1994.5

苍岩山雨中羁留二日

一

白檀茕立在苦绿中的绿。
连阴雨使岩石更显嶙峋。
鹌鹑囊嗉中菲薄的热量在蒸发，
山瀑焦灼地摔打竖琴。

二

野雉潦倒，狐狸遁驰，
岩缝里，雨水惊扰了山鼬的酣眠，
南阳公主留下的庙宇[①]
在加速着霉烂。

三

守林人长霉毛的板棚，
漏出凄清的灯光。
他的妻子搁下针凿，

---

① 苍岩山位于河北井陉境内，在白檀掩映处，有福庆寺。该寺初建于隋代。隋炀帝之长女南阳公主曾削发修行，深居寺中。

与山茱萸漠然对望。

四

桥楼殿碧瓦初寒，

新生的苔藓压弯了翅膀。

而玉娇龙飞身谢幕的人生，

还在随雷雨的铙钹下降。[①]

五

被困两天于苍岩客栈，

我们木讷地饮着过气的“三九黑啤”。

跛店主时好时坏的黑白电视，

正播着北大西藏科考队集体遇难的消息。

六

峡谷窜荡的冷风，

磨利了山豆根和牛蒡的锋毛，

你吐出阑珊的话语，

也有它苦涩的味道。

七

炉膛里泛潮的木柴轧响，

拈骰子的无聊游戏已到收场。

---

① 桥楼殿，位于苍岩山两个峭壁之间，嵯峨高挂，是中国古建筑史上的杰作。古人赞曰“千丈虹桥望人微，天光云彩共楼飞”。玉娇龙，是影片《卧虎藏龙》中的女主人公。该片由李安执导，获第73届奥斯卡四项大奖。该片的许多重要场景是在苍岩山拍摄的。片尾，玉娇龙看破人生，自桥楼殿跳涧自尽。

……我无意中拉开店门，
呵，天空迸涌着雨后的月光！

八

苍岩山画出黑黝黝的剪影，
你快活地打着清新的寒噤。
是一场偶然而命定的羁留，
即兴淋出这首山雨的小品。

2001.8

渤海湾汉俳

一

海水隐去了靛蓝。

白昼的书页

被海神的大手缓缓撕下。

二

近岸缓丘

竦起黑松林的头发。

硫黄色的弯月在调试音叉。

三

晚潮阵嗥——

穿黑袍的风神

策驭着攻打防波堤的狼群。

四

渡鸦

绕桅樯唳叫。

锚链反复温习着曲体展身的功课。

五

导灯肿胀

空气中的盐质

使它的冷眼发青。

六

从一排浪

摹仿另一排浪里

有人读出了大海的孤寂。

1987.10

安静的上午

早晨的安静帮助了睡眠
我像被夹在平铺直叙的书页里
醒来，又告诉自己睡去，转眼已是上午
秋天到了，毛巾被第一次显出必要
窗外射进的阳光仿佛来自天空更远的地方

这个上午安静得有些异样
我听到了久违的麻雀啁啾
妈妈用小布袋拎回了夏天最后落架的扁豆
而泡桐树下似乎缺了点什么——

噢，是的，暑假结束了
今天，孩子们都上学去了
往日早晨他们游戏的喧笑
和我对他们的厉声训斥，也消逝了

泡桐树下空空荡荡
已没有孩子接受我的道歉

1992.9.1

停电之夜

透过阳台打开的窗子
星星的蔚蓝水泡在平原上空飘荡
爽风送来石津灌渠木樨草的淡香
市声与欲望的炙烤暂得消歇
你的心似乎没变，老派如既往模样

陌生的烛光招引你退回时间深处
写下被年代放逐了的昔日怀想
插队时的伙伴，夜浇冻水时慌乱的初恋
终夜啮草的牲口，雪霰凄迷的山冈
哦，尽管你知道今天没人读这类陈旧的诗行

蓝格稿纸如青花瓷的盘子
往事撒下词的籽粒泠泠作响
在蜡烛剥开的旧日子徜徉
再归置好桌面，让大钢笔搭出绿荫
你老式的措辞，或许会抚慰另一个怀旧的心房？

而萧萧不已的烛火，带你和时光继续后退

俄罗斯叶梅茨克镇一位背时的小抒情诗人
曾在同一支蜡烛下吟述过往，这情景多让你宽怀
当一首新诗落成，火蝶刚好熄灭
白桦林的边缘，天光蚕丝般闪亮……

1989.4

向一只小鹅谢罪

舅舅到锯木场上工去了
妗妗去河滩捶洗衣裳
留下暑假走亲戚的我

带来的玩具已经厌倦
吊篮里的零嘴儿刚刚偷吃完

雨后的院子大得令我想干点什么

还有什么可玩的?
呵，将竹筐倾仄放出那只小鹅!
这家伙比《小兵张嘎》的翻译官还胖
软软的小肚皮邋遢地蹭着湿湿的草地
黄色的大脚丫
细细的小腿儿
刚勉强撑住身子

我抓起了它
黄茸茸的小肚皮手感很舒服

捏一捏

粉红的薄蹼手感很怪异

抻一抻

少年的邪恶让我快活得身子微颤

我甚至硬塞进它嘴里一只蜗牛！

放开玩够了的小鹅

它卧在我脚边

已没有勇气逃走

两颗小黑豆的眼睛

天真无告地睁着

但似乎已不再看什么

雨后的院子大得令我害怕

1986.7

社稷坛后的小竹林

我们一家人沿着卵石甬道漫步
竹林自小径转弯的地方涌出。
妻子收住了脚，接着是我和妈妈
轻风吹拂，林子平静而温和地摇曳
而竹叶簌簌像是母语的古诗在岑静中低吟
这即目的景象为何渐渐变得遥远——
恍惚来到了我们的前生
三个人近挨站着细语，对称于往世那三个人

阳光在大厅堂蓝色的飞檐上闪灼
而竹林却让出了光芒，耽于古老东方的
幽暗和沁凉。家中曾有或正在经历的磨难
我们担承得起。心灵的需要是这般简朴单纯
一片微响的竹林会轻拍并安顿一家人老派的心扉。
当儿子从玩厌的庑廊里溜回
他懵懂的催促声，也仿佛来自另外的岁月……

2001.10.14

此刻之诗

本白色的提花桌布

绣着七颗草莓

玻璃冰水瓶里橙汁的投影

加重了其中三颗的色彩

桌角的骆驼牌香烟还剩四支

足够我消受到黄昏

此刻是夏日午后四点

空调发出蜂儿的嗡鸣

我刚从充足的睡眠中醒来

明晰和无所事事，教我愉快

1992.8.22

不是梦的解析，而是梦本身

凌晨四点，惺忪中书卷字迹交叉翩飞。

我走在通往教学楼的甬道上
路缓缓拱起，越升越高
八个穿校服的姑娘惊呼“地震啦”
我倒是喜欢生活中出点意外
况且拱起的大地毕竟还是大地
踏着它平稳地飞升有多美

在接近云朵的地方
我看到一个穿白长袍的老头儿
“我是宇宙象棋大师”
那么现在他使的是一招飞象啦
东郊化工厂三个大烟囱在陡坡的下端
越来越小，它倒塌的声音我听不清
只见它像慢镜头一样柔软地卧下了

我掐掐自己的腿，疼
“这不是做梦”

这下我才慌啦
忙望着城市北方一片沉静
孩子和妈妈可能没什么事
要么没事，要么一起飞
总之他们在一块儿就好
而顺着十来里长的陡坡骑树出溜下去
是否能找到西西上班的地方
告诉她，我是空降而至
“你写诗写疯了！”她说
“你才真疯了呢。”我傲慢地给她指看南部高地

高地下汽车蜂拥盘拔
阔佬们玩命向上开并不断回头
嘲骂着被撞开的市民
“都他妈这会儿啦，还不忘欺侮人和优越感”
我最终确信天然地讨厌他们没错儿
但已太迟了，我多懊悔自己还没有讥讽过这类家伙

空中隆隆降下巨大的油罐车皮样的东西
这就是电影中见过的外星人飞艇了
我走进才知它竟是阶梯教室
学生们安静地坐着等我上课
他们头上飘着书包
奇怪地用脖子挂住免得它飞出舷窗外面
多好的孩儿们，我爱你们
“今天讲第五章——超现实主义诗歌”
刚说完我们都轰地乐了

难道现实中了“诗谶”才超了现实
语言真的成了存在本身
这责任我可担不起

还好，不，更糟
我怎么会讲一节数学课
我起打上小学就怕倒霉的算术（还不配谈数学）
考上大学就算受苦人解放啦
怎么还是让它在最后一刻追上了我
但太迟了，我懊悔没有用功学好数学
这太对不住信任我的孩子们
我惭愧得浑身大汗擦了又涌出来
这会不会是梦，我无望地最后再用力掐掐虎口……

一道惊喜的疼掠过手掌
天光彻亮，我在一身冷汗中醒来
西西做好了早餐
正熨烫她上班穿的牛仔裙
电熨斗平缓推进，发出几乎是“晨安”的嗞响

1996.6.24

沉　哀

太阳照耀着好人也照耀着坏人
太阳照耀着热情的人
也照耀着信心尽失的人
那奋争的人和超然的人
睿智者木讷的人和成功人士
太阳如斯祷祝也照在失败者和穷人身上

今天，我从吊唁厅
推出英年早逝的友人
从吊唁厅到火化室大约十步
太阳最后照耀着他，一分钟

1990.5

夜和花影

月亮升起来了
屋里没有点灯
窗外夹竹桃轻轻摆动
将影子筛撒在我的枕上

童年的一些事
像花收起颜色留下淡影：
春天月夜姥爷扶着我学自行车
姥姥用一坨糖稀
换来了我去理发
姐姐试新裙时
像陀螺旋转。
爸爸在灯下额头微蹙
似乎是写着什么“检查”

在白天我像螺钉
而到了夜晚就很敏感
夜晚的回忆
在失眠中繁茂生长……

那个冬天的夜晚

我和姐姐都钻了被窝

窗外噗噗落着雪

炉台大铁壶滋鸣

门阶湿漉

夹竹桃凋残

医院归来的爸妈说

快起来，姥姥没了

现在是我第二十七个春天

春天的夜晚

妈妈新栽的夹竹桃轻轻摆动

我学着姥姥

小心为它洒上清水

1986.10

那些倒扣的船只

冬季来临
燕塞湖边排满了
倒扣的船只
像一场酷战后的露营
伤兵身上裹着肮脏单薄的线毯

湖水轻轻拍击堤岸
一只苍鹭
埋首于夏日的回忆
当季节变暖
这些船只会翻身下水
而我心中有多少倒扣的船只
却只能在身体的黑暗里开裂
然后腐烂

1995.11

嶂石岩漫兴：日与月共在的清晨风景

一

蓝色天空牛奶站
大小两只满盈的奶桶

二

爽风的大回形别针扣
联结起飘游云朵的花纹奶牛

三

天体的玻璃暖房里
地球有分娩后的苍绿宁静

四

吹口哨的麻鹬，借助于陡岩的回音壁
轻快地拎高了我的心

五

金表匠和银表匠都打开钟表黑暗的后门
山下劳动着钟舌和重锤儿

六

瓢虫醒来

还有我和獾子映到山溪中的脸

1987.5.4

特木里的甘霖

红土地愈加酡红
天空还在泠泠筛酒
特木里闪光的草滩上
一个黑彝老爷爷孤单站立
他粗糙的羊毛察尔瓦披垂
凝恒如淋湿的铸铁之鹰

现在，他缓缓转过梯形后背
高隆的眉骨下目光执着
口型平直却喃喃有声
他对着我这个异乡人
又似乎视而不见

我关上照相机镜头
为蒙昧地打搅老人而羞愧
他在望什么？
他望到了什么？
他是否望到了我望不到的神秘晶粒？

祝好人得沐天恩。

1988.9

除　夕

豪放的一群群大雪在黄昏变得零碎
但半尺深的雪毯已足够让我插稳炮仗

厨房里蒸汽旋舞
飘出平时很少闻到的
红烧肉的香味儿
妈妈用药皂为我洗着小脏头
爸爸在往刚削好的陀螺锥尖上镶进钢珠

——三只炮仗，一枚手制陀螺
就是我新年丰厚的礼物

我记得，那是在太原
荒凉的 1964 年除夕，我 6 岁的心感到
过度的幸福，恍惚，和膨胀

2000.2.11

面面相迎（五个片断）

小青虫

冬天早晨

雪地的反光映亮了天花板

我看到一个黑点在动

站在椅子上细瞅，噢，是绿的

一只幸存的小青虫

“在这种季节竟……”

我心微耸

写于书展留言簿

占十分之一的书可以留着。

十分之二的书应倒退为白纸。

让十分之七的坏书退还为

植物纤维

树木

森林。

观流星雨

天堂冰雪的路面滑溜
时辰到了，天使们乘坐的电车
纷纷脱轨
磨出噼啪的电火花

九座奔腾的冰库在紧急制动后梦见了你

大问题，小回答

整个下午，在赵陵铺果园
我都在慵倦地应付
一个上海来的文学博士
访谈中，这位前诗人要说服我承认
“微精神分析”是我的文学观
我否认是这样
博士大度地笑道“你太谦逊”

不，我不认为写诗的人
就要培养诡僻的品性
我对自虐般的“微精神分析”
亦了无兴趣
苹果花的清芬比我的头脑更有趣
如今，我听从眼睛和肺叶的召唤
写出对事物本身的喜悦

校园里开来了撒旦的音乐火车

那秃头胖子拉长了“飞——”这个词

那披发瘦子把“我不等待”剁成碎块儿撒向操场
鬈毛狗萨克斯手在自己胴体里溜进溜出
锅盖头定音鼓手炸开了一吨耳朵

破肥军裤，鸡冠发型的家伙
我喜欢你朱古力一样的脸
你拉倒了麦克风漫不经心地咕哝
嘴里像嚼着干草茎

但我最待见的还是你
头发染成花布条拖把一样拿倒立唱歌的小子
跟你说，这活儿我从小就拿手
可从没想过它会与音乐有关

……轰隆的火车卸下兴奋的乘客
也卸下大学城整个力比多无眠的夜晚
司机司炉，大风鼓袖，继续下一站轰隆
伙计们。撒旦——再见！

1997.5

正午：嗡嗡作响的光斑

一

穿过嵌花铁栅
一个戴窄边帽的男人
解开裤门的纽扣
跌跌撞撞的昆虫
沿弯曲晶亮的湿草茎爬到地上
这是动人的
我想起了童年，在太原
孤单游戏的夏日正午
干坼的黄土被我细小水滴的
排钟洞穿，大地
宁静而宽怀
承载了人性的踢踏和温抚

再穿过铁栅
戴窄边帽的男人
步履轻松，又回到
他的水平测量仪前
即将推平的旧苏式住宅小区

收留了他含氮的浓烈体味儿

二

那女孩怀抱着

断了带子的大红书包

从斜坡下渐渐大了上来

她的面颊笼罩在

无告的阴影里

紧握的两只小手

骨节因用力而苍白

脚丫小心地绕过

路基边的镐、锹、瓷片

尘埃飘浮

戴窄边帽的工程师

走向这个孩子

他帮她系好绿色的鞋带儿

孩子和斜坡彼此跃过了对方

三

有样东西，被置于一块

工地防水布的中央

在正午的光线下

它闪出仿佛是丝绸的质地

蚂蚁小心翼翼沿着边沿

在它上面搔爬、滑下

那是一只橘红色的安全头盔

映出了近处弯曲的花篱

浑圆的寂静

工地在休憩

头盔，你有多么美

听命于化学

顺便把橘子的香味儿吟述

四

推土机驾驶室里

年轻的司机在假寐

工程师的食指

轻轻敲击着驾驶室的窗玻璃

哦，他想起了一段

猥亵的笑话

急于讲给这小伙子听

推土机的大扁喙

沾满了沙碛、炉灰、草根和泥土

枯燥的劳动

依赖于明快的“性”为之缓解

并且镀上光芒

五

我们，你，他，还有我

即将离开这片旧住宅小区

留恋被越收越紧
心儿在惜别中缠绕、蹀躞
我们看到，铁栅尤在
新翻出的土
却已一车一车冲出了院子

是谁想起了一个主意
招来院子里将别离的孩子们
在正午的阳光下合影
戴窄边帽的工程师
远远望着
突然朗声高喊：“茄——子”
音波撑开了取景框里最好看的
一群小浣熊的表情

六

西西在收拾厨房
刮干净油渍的灶台
阳光邀约了高大白杨的树影
静静地搭在她淡青色的围裙上

对就要告别的老窝
她如此恭谨，殷勤备至
一半出于留恋
一半出于好心
搬空的房子，明天
还要由施工的河南民工暂住

七

我年长日久
埋首于写作
痴迷于幽昧的意象
将它发往乌有之乡
它们像是热情的
但只有我知道骨子里，它们
脆弱，易感，病态
今天，让我变得傻一点
憨实地记下
目力所及的事物的表象

是的，戴窄边帽的工程师
放学的女孩，橘红头盔
推土机和留影，厨房的窸窣
我打算同意它们说服自己
诗，几乎……就在院子里

2000.5.26

后　记

我从上世纪80年代初开始发表诗歌，至今共有300余首。20年才写出这样的数量，可见在诗歌创作上我实在不是个勤奋的诗人。但在泛指的“写作”意义上，我又算是个勤奋者，20年我写出了近200万字的诗学理论批评文字。诗歌与文论如此悬殊的比例，也体现出我对诗歌的认识：诗歌不是“天道酬勤”，对神秘的事物我理应持神秘而茫然的态度。

编订这本诗集，犹如看到自己心灵影像的“回放”，风尘仆仆，低回徜徉，恍兮惚兮，水落石出。从青年时代开始写诗，至今我已45岁，方真正懂得了苏轼所说的“击空明兮溯流光”。

这部集子分为四卷。我原来只是想大致按照写作内容来划分的。分好后，却令我心隐隐震悚。再回望写作时间，我发现它们同时也自动地约略划出了不同的几个写作年代。我似乎看到另一个我在纸上行走。从不同时期逐渐变化的题材、主题乃至想象力方式和风格中，可以清晰地见出我走过了从理想主义者到经验论者，从主要写“自我意识”到更多地写“生活和事物纹理”的写作历程。我想，它们之间的差异性，统一为我对人、母语和大自然的永远的热爱，和不同写作时段的心灵体验和身体状态的真实性。

犹豫再三后，1987年前的作品只收了3首。诗就是诗，我不愿以“早期作品”为说辞，来原谅自己和自我感动。从发表的300余首诗中最后选出76首，我的尺度非常单纯，即：在这些不同意蕴和语型的诗中，我确切要表达什么东西是“心中有数”的——诗歌作为想象力的自由飞翔，我铭记它准确、静止的一面。

这本诗集得以出版，使我对自己前半生的诗歌有一个集中而严格的了结，我很欣慰。现在我感到了轻松，多么好啊，在今后的写作中我将邂逅新的欢乐。

陈超　记于2003.12.18